小学館文庫

えんま様のもっと！忙しい49日間

新宿中央公園の幽霊

霜月りつ

小学館

CONTENTS

more busy 49 days
of Mr.Enma

Written by Ritu Shimotuki

第一話

えんま様、幽霊の失くしものを探す

more busy 49 days
of Mr.Enma

序

「会津東山温泉の銘菓、松本家《まつもとや》の水ようかんでございます」

休暇中の地獄の王、閻魔《えんま》大王は新宿歌舞伎町の雑居ビルの一室、七〇四号室で、テーブルに並べられた菓子に目を輝かせていた。

現世での名前は大央炎真《だいおうえんま》。癖の強い髪と、どこかやんちゃな面影を残した青年の姿は、現世で行動するために用意した器となる。

元々は昭和の初期に戦死した若者の姿を貸りたものだが、黒いTシャツとロールアップの黒いデニムパンツという現代令和のファッションも、よく似合っている。

水ようかんは四角い紙箱に収められ、長方形に切れ目が何本も入っている。文政二年からの老舗の技、つるりとした深い小豆色が涼し気だ。

どこからいただこうか、と手をさまよわせたあと、炎真は、はっと顔をあげて目の前の人物を見上げた。

「俺は休暇中なんだ。いくら美味《うま》い菓子でも働かねえぞ」

「松本家の水ようかんは期間限定のお品よぅ。本来は会津までいかないと食べられないの」

菓子を持ってきた二階の古美術店の主人、胡洞《こどう》は、顔の両脇にたれさがっている巻き毛を指でからめとった。口調はおっとりとした女言葉だが、声は太い。

「じゃあ取り寄せろよ。通販できるんだろ」

「ざぁんねん、水ようかんだけは通販取り扱ってないのよぅ」

今日の胡洞は紫陽花《あじさい》模様の単衣《ひとえ》の着物に薄紫のシフォンの兵児帯《へこおび》、胸元にビーズのアクセサリーをきらきらと光らせている。

口調も姿も女めいているが、顔を見れば男だとわかる。だが、似合っていて違和感はない。元々華やかな顔立ちなのだ。顔に載せた眼鏡も赤を基調としたモザイク作りで、白い頬を引き立てていた。

「くっそー」

炎真は箱いっぱいに詰まっている水ようかんに勢いよくフォークを刺すと、べろりと一切れ取り上げた。長さ一五センチ、それなりの重さがあってたゆんたゆんとしなっている。

「うまい！」

舌の上のひんやりとした甘さは、あっというまに消えてしまうが、余韻は長く残る。

一本で十分な量であるが、あっさりしているのですぐにもう一本と手がでてしまうのだ。

水ようかんをほおばる炎真に、胡洞は嬉《うれ》し気に笑う。

「食べたってことはアタシのお願い聞いてくれるのよねぇ」

炎真は胡洞の顔を見ると、さっと赤い眼鏡を奪い取った。

「なにすんのよぅ！」

胡洞のからだがどたりと椅子から崩れ落ちる。その白い顔には鼻と口と眉毛だけがあって目がなかった。

「返してよぅ！」

声が眼鏡からする。ガラスの表面に目玉がふたつついて炎真を睨《にら》んでいた。

「またなにか呪いのくっついている着物でも持ってきたのか」

「そんなわけないじゃない、別件よ！」

「じゃあ妖怪絡みか？」

胡洞は新宿で長く古美術店をやっているが、正体は雲外鏡《うんがいきょう》という古い妖怪だ。仕事を持って人間世界にうまく紛れ込んでいる妖怪は少ないので、他の妖怪たちからも頼られている。いわくのある品を持ち込んでくる他、仲間の妖怪のもめ事を相談しに来ることもあった。

炎真が眼鏡を胡洞の顔の上に戻してやると、「失礼しちゃうわ、もう」と妖怪は起き上がった。今はちゃんと眼鏡の下に目があるように見える。

「俺は休暇中だっていうのに……」

ブツブツ言う炎真の背後から長い手が伸ばされた。

「世のため人のためになっているのだからいいじゃありませんか。それから水ようかん、僕にもください」

そう言って炎真の目の前からようかんの箱を取り上げたのは、炎真の秘書で小野《おのの》篁《たかむら》という、元人間だ。

Tシャツにカーゴパンツという夏らしい恰好に、前髪をカチューシャで持ち上げている。暇な大学生のようにも見えるが、平安時代は遣唐使にも選ばれた文武両道のエリートである。

その優秀さゆえに生きているうちから閻魔に仕え（本人はバイトと言っていた）、死者となってからはめでたく秘書に昇格し、千年以上になる。

「地蔵《じぞう》さまもお召し上がりになりますか？」

篁は水ようかんを皿にとりわけ、窓辺のソファに腰掛けている長髪の男に渡した。こちらも麻の夏着物をさらりと着こなしている。

「いただきましょう」

皿を受け取った地蔵に炎真は剣呑《けんのん》な目を向ける。

「仕事にいかねえのかよ」

「今はコレさえあればどこでも仕事はできるんでござんすよ」

地蔵が取り出したのは小型のスマホだ。ピロンと音が鳴って、地蔵は画面に目を向けた。

「おや、不動産がひとつ売れたようです。よかったよかった」

ささっと指でタップして返事をしている地蔵に炎真は呆《あき》れた声で言った。

「ソファに横になって指先ひとつで土地を転がす――そういう悪役みたいだぜ？」

「暴利をむさぼっているわけじゃござんせん。私はいつでも適正価格で取引しておりますよ、ご安心を」

予定になかった休暇をとるはめになった炎真と篁のために、新宿のこのビルを用意したのは彼だ。妖怪である胡洞に同じビルの一室も貸し与えている。実は他にも妖怪が姿を変えて住んでいるのではないかと炎真は睨んでいた。

その正体は地蔵菩薩《ぼさつ》、各地に祀《まつ》られている自らのネットワークを利用して、不動産業を営んでいる。

何十年もまえから同じ姿のはずだが、人の入れ替わりが激しい新宿では、不審に思われてはいないようだった。

「胡洞さんのお願いを聞いてあげてくださいな、炎真さん。なんせことは炎真さんのお好きなゴールデン街絡みなんですよ」

「ゴールデン街？」

炎真は窓から外をちらりと見た。高い建物のすぐ向こうに、戦後すぐにできた飲み屋街がある。二〇〇軒以上の飲食店が低層の木造長屋の中でひしめく、活気と魅力のある街だ。知性と猥雑《わいざつ》さと情熱のごった煮スープ。

「そうなの。アタシの友人が始めたスナックなんだけど、店を借りてリフォームして、さあ、開店と思ったら、人間の幽霊が憑《つ》いていたのよぅ」

「友人っていうのは妖怪か？」

「そうよ。でもちゃあんと都民税も区民税も払っている、立派な都民であり区民よ」

胡洞はたわわな巻き毛を指に絡めた。

「幽霊はなにか悪さすんのか？」

胡洞は肩をすくめて首を振る。

「なぁんにも。ただ景気の悪い顔でカウンターに座ってるだけよ」

「まあ、あんまり景気のいい幽霊っていうのはいないな」

「普通の人には視《み》えないんだけど、でもなにか感じるんでしょうねぇ。混んでてもカウンターのその席にだけは誰も座らないんだって。それにお客さんが長居しなくて」

「回転が速くていいじゃねえか」

皮肉気に笑う炎真に胡洞が目を三角にする。

「よかないわよ。ぜんぜん客が入らない日もあるのよ？　ゴールデン街でそんな日が三日も続いたら閉店よ！」

「なるほど」

炎真は水ようかんの最後のひとすくいを口に入れた。

「わかった。ちゃっちゃと片づけるぞ」

一

日が落ちて、新宿ゴールデン街の小さな店たちが、色とりどりに輝き始める。

最近は昼間もやっている店が増えたとはいえ、やはり、ゴールデン街の本領は夜だ。いくつもある細い道に人があふれ、ざわめきや笑い声がそこここから溢《あふ》れ、広がってゆく。

幽霊が居座るというその店は、リフォームのさい、大きな一枚板のカウンターを作った。古民家の古い梁《はり》を再利用したものだが、それが悪かった。

幽霊は生前、その梁で首を吊《つ》ったのだ。

炎真は霊と話をし、首に絡んでいる縄を切ってやった。あとは地獄へ通じる門を開き、送り込む。

「水ようかん分の仕事はしたぞ」

幽霊がいなくなった店内は、同じ照明で照らされているはずなのにどこか明るくなったようだ。

「ありがとうございます」

スナックのオーナーである和装の女性が頭を下げた。着物のえもんからみえる首が水鳥のように白く細い。

「閻魔さまってもっと恐ろしいお方かと思ってました」

「今は休暇中だからな……。で、おまえはなんの妖怪なんだ？」

炎真が言うと女性はゆらりと首を揺らした。水鳥のようだったその首は、蛇に変わったように伸びると、たちまち頭部が天井にまで届く。

「ろくろ首か。首が長いもの同士、惹《ひ》かれたのかもな」

入り口が賑《にぎ》やかになって客が数人入ってきた。そのときには女性は首を元に戻し、華やかな笑みを顔に浮かべている。

「いらっしゃいませ」

オーナーの女性が笑顔を向けると、客たちはみんなカウンターについた。今まで誰も座らなかった隅の方にも腰を下ろす。

「もう大丈夫だな」

女性も安心した様子で炎真を振り向いた。

「閻魔さまも飲んで行ってください。ごちそうさせていただきます」

「おう」

スツールに腰を下ろそうとしたとき、ポケットにいれていたスマホが鳴動した。

画面を見ると篁だ。

「どうした?」

『あ、エンマさま? 実は今鈴木《すずき》さんから電話があって……』

「誰だ、それ」

『新宿区役所の方ですよ、小柄な女性の』

「ああ」

炎真は思い出した。

「バーでアイラ島のウイスキーを一本空けた女だったな」

翌日の午後、小柄な女性が炎真の住むジゾー・ビルヂング七〇四号室を訪ねてきた。

鈴木美奈子《みなこ》は新宿区みどり公園課の職員で、以前、ゴールデン街そばの新宿遊歩道公園四季の路《みち》で騒動が起こったとき、協力したことがある。

化粧っ気のない顔に切りそろえた髪型で、こけしのような印象だ。

霊などを視ることもできないし、その存在にも未《いま》だ懐疑的なようだが、炎真を頼ってきたということはそっち方面のトラブルが起こったということだろう。

「虎屋《とらや》のようかん詰め合わせです」

鈴木はテーブルの上に熨斗《のし》がかけられた箱を滑らせた。

「……ようかんはもういいかな」

「虎屋ですよ！」

鈴木は信じられない、という顔で叫んだ。

「創業は室町時代までさかのぼるという伝承があり、ざっと数えて五〇〇年、信用が置けないものには務められない御所御用をたった二代で獲得したという敏腕菓子舗虎屋ですよ！　重大な失敗をしでかしたサラリーマンが悲壮な決意と一緒にこぞって謝罪相手への手みやげにするというあの高級詰め合わせですよ！」

「お、おう……」

勢いに気圧《けお》される炎真の横で、篁がにこやかに箱を受け取る。

「ありがとうございます。なんのかんの言って結局食べますから大丈夫ですよ。それで今日はどのようなお話で」

「俺は休暇中だ」

「中央公園に幽霊が出るんです」

炎真と鈴木の声が重なった。

「大央さん、幽霊を祓《はら》えるんですよね」

「俺はただ、迷っている霊に地獄への道を教えるだけだ」

「それを祓うって言うんじゃないんですか？」

「違う」

鈴木は炎真の言葉を無視して、テーブルの上に地図を広げだした。都庁の下にある中央公園の地図だ。

「中央公園は少し前までは暗い、汚い、危険と言われていた場所でした。ゴミの放置や、若者が遅くまで騒ぐ迷惑行為もありました。でも今はきれいに整地され、親子で楽しめるちびっこ広場も大々的にリニューアルされ、カフェやレストラン、フィットネスクラブもでき、新宿ファミリーに愛される公園となっています」

立て板に水のごとく、マニュアルを丸覚えしたような説明が流れた。

　鈴木が地図の上で指さしたのは、大きな芝生の絵が描かれている場所だ。

「このベンチあたりで不審な男性の姿が何度か目撃されています」

「不審な男性っていうんなら人間だろう？」

　やる気のない炎真の言葉に鈴木は首を振った。切りそろえられた短い髪がきれいに輪を描く。

「何度か警察にも出動願いました。この男性が生きた人間でないことは、警察も確認しています」

「警察の証言？」

　炎真はちょっと興味を持って鈴木を見る。

「この方は、半年ほど前……去年の冬ですが、この場所で亡くなられているんです。そのとき対応してくださった刑事さんですから間違いありません」


　炎真と篁は鈴木美奈子とともに新宿中央公園に来ていた。

　中央公園は新宿区立では最大の面積を持つ公園だ。新宿御苑《ぎょえん》というのもあるが、あちらは国が管理する公園で中央公園の七倍もの大きさになる。人が憩うには巨大すぎるかもしれない。

鈴木美奈子の言うとおり、中央公園は芝生の上で子供たちが走り回り、ベビーカーを押す母親やジョギングをする人、犬の散歩をさせる人など、明るくにぎわっている。

入り口にカフェもあり、一休みできるベンチもたくさん置いてあった。

東を向けば都庁の巨大な白い建物やいくつもの高層ビルの群れ、西には人々の営み。都会の中の緑のエアポケット、それが新宿中央公園だ。

「男性が亡くなっていたのはこのベンチですか？」

篁は鈴木に確認すると軽く手をあわせた。

「死因はなんでしょう？」

「心筋梗塞です。年齢は八七歳、もともと心臓に持病をお持ちで、発作が起きたのだろうということでした」

鈴木は書類をめくりながら答える。

「散歩に来て、このベンチで死んだっていうのか？」

炎真は木製のベンチの背に手を這《は》わせて言った。

「それがこの幽……いえ、江口和道《えぐちかずみち》さんという方なんですが、亡くなられたとき、お一人ではなかったようなんです」

「一人じゃない？　家族と一緒だったのか？」

鈴木は首を振った。

「通報なさったのは女性です。一七時頃、連れが急に具合が悪くなった、と救急車を呼んでいます。電話は江口さん本人の携帯を使っています」

「通報して姿を消したのか？」

「いいえ、救急車で一緒に病院までいらっしゃいました。それで江口さんの連絡先などを伝えられたそうなんですが、その女性自身は住所も名前もでたらめだったらしく」

「どんな女かわかっているのか？」

炎真の言葉に鈴木は首を横に振った。

「いいえ、私はそこまでは。ただ若い女性だったと記録には載っています」

「ふうん」

炎真はにやりと唇の端をあげた。

「九〇近い年寄りが、住所も名前も不明な若い女とね。なにをしてたんだか」

「介護の方か、ボランティアの方かもしれないじゃないですか」

炎真の言い方に反発を感じたのか、鈴木が責めるような口調で言う。

「その江口という老人は介添えが必要な人間だったのか？」

「ええっと」

鈴木は資料をめくった。

「いえ、持病はお持ちでしたが認知症もなく、歩行もしっかりしてらっしゃる……方、でした」

悔しそうな返答に、炎真は肩をすくめる。

「江口さんの幽霊がよく目撃されている時間帯はいつですか？」

篁が聞いた。

「あ、はい。だいたい一六時から一八時くらいです。暗くなってからはそんな情報は寄せられていません」

「今までに何人くらいが目撃してるんだ？」

「去年から月に一、二件です。最初は区役所でも取り合わなかったんですが、春になってお子さんたちが多くなってきてから、公園を利用するおかあさんたちの間で噂《うわさ》になってしまいまして」

「なるほど」

篁は公園を見回した。芝生の向こう側にはスターバックスコーヒーがあり、子供連れの母親たちがテラス席に大勢たむろしている。しかし、こちらには誰もいない。そういうわけか。

「しかもこっちを見てひそひそ言ってんな」

炎真の言う通り、視線はこちらに集中していた。

「わかった。とりあえず俺たちは夕方までここでぶらぶらする。そのじいさんが出たら話してみるさ。あんたはもう帰れ」

「え、でも、私もなにかお手伝いを」

「あんたはなにも視えないし感じないんだろう？　ここにいてもできることはない。幽霊相手に判子をもらうような仕事じゃないんだ」

「それは……そうですけど」

「必要になれば連絡する。とっとと帰って自分の仕事をしろ」

鈴木はむっとした顔で、しかし、ぺこりと頭を下げた。


「エンマさま、鈴木さんに対する態度、ちょっと……」

「なんだよ。本当のことだろう？」

「鈴木さんには公園に対する責任があるんですよ、きっと」

「なんでもかんでもしょいこまなくていい」

炎真はベンチにどっかりと腰を下ろした。

「死者はこちらの領分だ。生きている人間は生きているうちに、できることをすればいい。寿命には限りがある」

「……そうですね」

篁は炎真の隣に腰を下ろした。

「生者は死者を思いやるだけでいいですよね。でもエンマさま、ああいう言い方じゃ伝わりませんよ」

炎真は応えずに空を仰いだ。

「死神が多いな」

青い空に白い筋を引いて死神が西へ東へと飛んでゆく。

「ああ忙しいんじゃ取りこぼしもあるでしょうね」

「いいわけになるか。あとでこの地域担当のやつらに説教だな」

この瞬間、大勢の死神たちに悪寒が走ったというが、それはまた別な話だ。

炎真と篁は中央公園でぶらぶらしたり、カフェでスイーツを食べたり、散歩中の犬をかまったり（主に篁が）しながら、目的の時間まで過ごした。

「何時だ？」

炎真の声に篁はスマホの画面を見た。

「一六時過ぎましたね」

「出るかな」

「待ちましょう」

西の空の青色がほんのりと薄くなり、太陽が沈んでゆく。白い骨の塊のような都庁が少しだけ、柔らかく見える時間だ。

「エンマさま」

篁が小さく声を上げた。二人が座っているベンチの前に老人が立っている。

初夏だというのに重たげな古びたコートを着て、中折れ帽を深くかぶっていた。

「出たな」

老人はゆっくりと腰を落とすと、地面に手をついて草の上を見回した。注意深く膝で進み、手のひらで探ってゆく。

「なにをしているんでしょう？」

「なにか捜している様子だな」

老人はベンチの前を一往復し、くたびれた様子で首を振った。その顔には諦めと後悔の色が滲《にじ》んでいる。

「なにかを捜しているから成仏できないんでしょうか」

「だったら捜し物を手伝ってやればいいな」

炎真は立ち上がると老人の横に立った。

「おい、江口和道、聞こえるか？」

しかし老人は炎真を無視して再び地面に目を落とす。

「聞いているか？　なぜおまえはこんなところにいる。心残りがあるなら言ってみろ」

だが江口はまるで炎真の姿も見えないようだった。ひたすら老いたからだをひきずって地面の上を捜している。

「だめだな、こちらの声が届かない。よほど頑迷な意志を保っているようだ」

「なにを捜しているかわかればいいんですが」

炎真は老人を指さした。

「着ているものが冬服のコートだ。死んだのは去年の冬だというからこのコートを身につけていたときに死んだのだろう。死ぬ間際の服で現れるものは多いからな」

「つまり死ぬ間際に失くしものをしたということですね」

「そうだ」

炎真はパチンと指を鳴らした。

「司録《しろく》と司命《しみょう》を呼ぼう」

とたんにシャラーンと軽やかな金属音がして、二人の子供が炎真の前に姿を現した。

二人ともたもとの長い、着物に似た衣装を身に着けている。小さな垂れのついた紗帽《さぼう》と呼ばれる帽子を被っている方が男の子の司録、たくさんの簪《かんざし》で髪を結い上げているのが女の子の司命だ。

地獄の裁判において、閻魔大王のそばで亡者の記録をつけている。

「お待たせしましたー」

「呼ばれましたわょぅ」

二人の子供は両手をあげてくるくると舞いながら地面に降り立った。

「司録、司命。江口和道の記録を出せるか？」

「おまかせよー」

「魂がここにいても家族が葬儀を出していれば、地獄に本人の記録は記載されますぅ」

その記録をみれば江口和道の失くしたものがわかるはずだ。

再びシャラランと音がして、一本の巻物が二人の手元に現れた。

「江口和道さんの記録ですー」

炎真は巻物を広げると、後ろの方を読んだ。だが、すぐに眉をひそめる。

「なんだ、こりゃ」

「え？　どうしたんですか？」

篁も一緒に覗《のぞ》いてそこに記録されていることを読んだ。だが、そこには虚血性心疾患が原因で死亡、つまり心臓が止まって死んだ、としか書かれていない。

「失《う》せものについては書いてないですね」

司録と司命も巻物を覗き込んだ。

「その通りですー。死んだ後に失くした場合は記載されませーん」

「記録はあくまで本人が知り得ることしか書かれていませんわぁ。死因はからだに聞くのでわかりますけどぉ」

二人は「ねえ?」と顔を見合わせる。

「つまりなにを失くしたかはやっぱりわからないわけか」

「あ、エンマさま。最期に一緒にいた女性について書いてありますよ」

篁が指さした箇所に、なるほど、女性の名前がある。しかしそこには『花の園　パンジーちゃん』と記載されているだけだ。

「パンジーちゃん……?　最近の日本の女子の名前はずいぶん変わりましたね」

「そんなわけねえだろ。これは源氏名ってやつじゃないのか?」

とぼけてんのか?　と炎真は篁を見たが、本人はわかっていないようだ。

「水商売の女性のかたが使うお名前ですねー」

司録が得意げに言った。

「芸名みたいなもんですぅ」

そう言われて篁はようやく了解した。

「なるほど。しかしどうします?　エンマさま。このままでは江口和道さんの失せものは見つかりません」

「だったらそのパンジーちゃんとかいうやつを捜してみるしかないな。鈴木美奈子の話じゃ病院までついていったということだから、もしかしたらそいつが持っている可能性もある」

「でもどうやって……」

「鈴木美奈子を呼び出せ」

二

「私だって暇なわけじゃないです。区役所で仕事もあるんですから、急に呼び出されても困ります」

中央公園のベンチに足を投げ出して座ったままの炎真の前で、鈴木美奈子はふくれっつらをしていた。

「とっとと帰れと言われたから帰って仕事をしてたんです」

「手伝えることがあればって言ったよな」

炎真は面倒くさそうに言った。

「私にできることはないって言われました」

「篁！」

やっておしまい、とばかりに篁を振り向く。

「こういうことばかり僕に押しつけて」

ぶつくさ言いながらも、篁は鈴木の懐柔に出た。

「実は江口さんの幽霊と遭遇しましてね」

「え、出たんですか？」

「ええ。さっきまでそこにいましたよ」

篁の目線が自分の足下に向いていたので、鈴木はあわててその場から飛び退《の》いた。

「こちらの呼びかけには応えてくれなかったんですが、仕草からなにかを捜していることがわかりました」

「捜しもの……」

「服装が冬のものだったので、おそらく亡くなられたときに失くしたものだと思うんです。それで、運ばれた病院へ行きたいんですが、ご同行をお願いできませんか？」

「なんで私が……」

「関係のない僕らが行っても病院のかたはなにも教えてくれないと思うんですよ。こんな恰好ですし」

篁はすねがむきだしのカーゴパンツの腰を叩《たた》いて笑った。

「わかりました。でも私が同行するということは新宿区役所の仕事で行くわけですから……」

鈴木はちらっと炎真を見た。炎真はベンチに寝そべっている。

「ちゃんとしてください！」


救急病院で江口和道のことを尋ねると、担当した看護師が対応してくれた。

あまり細かいことは覚えていないということで、記録を見ながらの確認になった。

救急車で運び込まれたときに同行者がいたこと。若い女性で身内ではないということ。住所や名前は記載してくれたが、その後の警察の調べででたらめであったこと。

「しかし、その女性は江口さんの自宅や電話番号も知っていたんですよね？」

「ええ、それでご家族をお呼びすることができましたから」

看護師は三〇代か、血色のよい丸顔で、頼もしさを感じさせる女性だった。

「彼女はなにか……江口さんの持ち物を持ってはいませんでしたか？」

「それは」看護師は苦笑した。「私どもにはわかりませんね」

「ですよねー」

篁も苦い笑みで応える。

「ああ、でも」

看護師はぽん、と手を打った。薄暗い病院の壁にその音が景気よく響く。

「逆ならありますよ」

「え？」

看護師は炎真たちをしばらく待たせると、小さなビニール袋を持ってきた。

「これです」

中から出てきたのは一枚のハンカチだ。大きな花柄で少ししわになっている。

「これ、亡くなられた江口さんが持っていました。ご家族の方はこのハンカチに見覚えがないとおっしゃって引き取りを拒否されましたので、ここに残っているんです。もしかしたら同行の女性の持ち物かもしれません」

炎真はそれを指先で取り上げると鼻先でくん、と匂いをかいだ。

「これは洗濯はしていないな」

「ええ」

「もらっていいか？」

「え、でも、本人でない方にお渡しするのは……」

なにごとにも動じなそうだった看護師がわずかに躊躇《ちゅうちょ》する。

「どのみち本人は取りにこないだろうさ。偽名を使ったのは自分のことを知られたくないからだろうし、家族が引き取りを拒んだのは江口が最期にそういう女と会っていたのを認めたくない思いがあったんだろう。だったら俺がその女を捜して直接返してやる。いいな？」

「え、炎真さん、いくらなんでもそれは」

鈴木が止めに入ったが炎真は看護師の目を見つめたままだった。看護師は少しぼんやりした顔をして、

「そう……そうですね。お渡しいただけるなら」

そう呟《つぶや》いた。

「え、いいんですか？」

鈴木が驚いて言うと、看護師ははっと目を見張った。

「あら？　ごめんなさい、なんでしたっけ」

「だからハンカ……」

言い掛ける鈴木の口を炎真が後ろからふさぐ。

「用事はすんだ、帰るぞ」

「ちょっと！　なにするんですか、放してください！」

炎真は暴れる鈴木を引きずって病院の外へ出た。

「今の合法じゃないですよね、なにかうまいこと言ってハンカチを強奪したんですよね！」

「強奪とは言いぐさだな、双方の合意の上の譲渡だ」

「合意って言ったって……」

炎真は鈴木を無視して篁に向かった。

「篁。おまえの飼ってる犬で一番鼻のいいやつを呼び出せ」

「え？　地獄犬ですか？」

「ちょっと、私の質問に答えてください！」

炎真は完全に鈴木に背を向ける。

「そうだ。女の匂いを追わせる。地獄の犬の鼻は現世の犬よりはるかにいいはずだ」

「わかりました！」

篁は病院の植え込みのそばにしゃがみ、手で草地を撫《な》でるようにした。そこに黒い穴が開く。

「おいでー、エンジュー」

呼びかけに穴から顔を出したのは長い耳と短い足を持ったトライカラーのビーグル犬だった。口にちゃんと首輪とリードをくわえている。

「わっ！　かわいい！」

鈴木が篁の背中からのぞき込んだ。炎真に文句を言っていたことは頭の中から消えたらしい。

「なんでこんなところに？　連れてきてませんでしたよね」

「ええっと……」

地獄の門が開いたのを見ていない鈴木のもっともな質問に、篁は曖昧に笑った。

「知り合いに連れてきてもらっていたんです」

「そうなんだあ、お利口さんだねえ」

座って尻尾を振っているビーグル犬に、鈴木はとろけそうな笑みを浮かべた。

「この子はたとえ相手が車に乗ってもその匂いを辿《たど》ることができますよ」

リードをつけられたビーグル犬は、篁に抱き上げられるとその顔を舌でべろべろなめ回す。

「あーよしよし、わかったわかったエンジュたん。そっかそっかーうれしーか、うれしーね、ひさしぶりだもんねーこらこらこら、もういいよー、すきすき、わかったよー」

篁の声が二オクターブほど高くなる。しばらく放置しておいたが、止めそうにならなかったので炎真は篁の襟首をひっぱった。

「そこまでにしとけ」

「す、すみません」

篁はようやく犬を地面に下ろした。

「このハンカチについた女の匂いを辿るように言え。江口の方じゃないぞ」

「わかりました」

篁はハンカチをビーグル犬の鼻先に当てた。犬は黒い鼻をひくひくうごめかせてじっくりと匂いを嗅ぐ。やがて篁の顔を見上げた。首が小さく右にかしぐ。

「そう、いくつか匂いがあると思うけど、女性の匂いだよ。まだ生きている女性だ。辿れるかい？」

篁の言葉にビーグル犬がしっぽをたててワン！　と吠《ほ》える。得意げな顔に炎真もほほえんだ。

「よし、捜索開始だ」


ビーグル犬は弾むような足取りで道路を進んだ。バスやタクシーなどは使わなかったらしく、ずっと舗道を歩いていく。

「女は新宿住まいなのかもな」

「だから中央公園で会ったということですか」

リードの先の犬はときどき後ろを振り向いては笑顔めいた表情を見せる。

「かわいいですねー」

犬が現れてからの鈴木は細かいことは気にならなくなったらしく、リードを握ってご満悦だ。

「エンジュちゃんって言うんですよね。私も犬を飼っていたんですよ。柴《しば》なんですけど」

「その犬は？」

「実家にいます。帰るとべったりですよ」

ビーグル犬は時々立ち止まっては電柱や敷石の匂いをかぎ、顔をあげて空気の匂いをかいだ。そしてこちらだ、と力強くリードを引く。

「この子、本当にハンカチの匂いを追っているんですか？」

鈴木が尋ねると篁は自信たっぷりにうなずいた。

「はい、そういう訓練をしています。もともと地獄犬は亡者を襲うのが仕事なんですが、やはり元飼い犬などはいやがるんですね。そういう子たちは探索に特化するように育てるんです」

「えっと……もうじゃって……？」

鈴木の知っている単語の中には亡者という言葉はなかったらしい。曖昧な顔で聞き返してきた。

「あ、ええ、その、……は、犯人、犯人です！　この子には警察犬の訓練をさせているんです」

「ああ、そうなんですか。へえー警察犬ですかー」

鈴木がリードにちょっと力をいれるとビーグル犬はすぐにこちらを振り向く。

「お利口ですねえ、エンジュちゃーん」

「そうなんですよ、お利口なんですよー」

犬バカ二人が会話しているうちにビーグル犬は新宿駅に到達した。電車に乗ったか、と緊張したが、ガード下を通り抜けて東口に出る。

「やはり新宿住まいのようですね」

犬の足取りには迷いがない。どんどん歩いていって歌舞伎町へ入った。賑やかなアナウンスにも、襲い掛かるように派手な看板にも物おじしない。

「あら、この道は……」

ビーグルが進んでゆくのは新宿区役所の方だ。

「え、まさかエンジュちゃん、私の匂いを辿ってるんじゃないですよね」

「そ、そんなはずはないと思いますが……」

ほっとしたことにビーグル犬は区役所を素通りした。四季の路に入り楽しげに尻尾を振る。

「喜んでますね」

「ちょっとでも緑がありますからね」

そう言いながらも篁も首をひねる。

「しかしこの道は……」

四季の路から路地を通ってゴールデン街に入る。ほとんどの店に灯がつき大勢の客で混みあっているが、犬はそんな人間の足の間を器用に通り抜けた。

引っ張られる篁や鈴木の方が「すみません」「ごめんなさい」と言いながらあちこちぶつかってしまう。

「どういうことだ」

それまで黙っていた炎真が低い声を出した。ビーグル犬が辿り着いたのは黄色いタイル貼りのジグー・ビルヂングだったからだ。

「ええぇー？」

篁が情けない声をあげる。

「おまえの匂いを辿ったんじゃないのか」

「そ、そんなはずはありませんよ。ちゃんと女性の匂いを辿ったって言ってますし」

ビーグル犬は人間たちのうろたえにはかまわずビルの中に入る。入り口で、あとをついてこないのか、と言いたげに後ろを振り向いた。

「とにかくついて行ってみよう。もし間違ってたらおまえ、しばらく犬禁止だからな」

「そ、そんな……」

犬はエレベーターに乗り込んだ。念のためすべての階のボタンを押していちいち各フロアで止めてみたが、まったく反応しなかった。

そしてとうとう最上階の七階、そこで「ワン」と吠えた。炎真はじろりと篁をにらみ、篁は青くなる。

尻尾をピンとたてたビーグル犬は、エレベーターの箱を降りると、ととと、と足早に進んでドアの前で腰を落とした。

「ここです」と言いたげに舌を出して振り向く。その部屋は――。

「なんだ、隣じゃねえか」

炎真たちの隣の部屋、七〇三号室だった。

「花の園ってここのことだったのか？」

「そういえば店の名前は聞いていませんでしたね。まさかここの子が江口さんのお相手だったとは」

「ここ、なんですか？」

鈴木がつま先立って炎真と篁の間からドアをのぞこうとする。

「デリヘルの待機場所だ」

「で、」

一瞬で鈴木のからだがエレベーターまで後退する。

「で、でりへるって……公序良俗違反……っ！」

「職業差別だぞ。新宿はそういう店からの税金もとっているんだろ」

炎真は部屋の扉をノックした。もう夜なので、待機している少女は少ないかもしれない。

「はーい」

ドアを開けた少女がチェーン越しに炎真を見て、ぱっと顔を輝かせた。

「えんちゃんじゃーん、どうしたの？」

急いでチェーンを外して大きく開く。

「その呼び方はやめろ、スピカ」

隣の部屋で待機するデリヘル嬢の一人だ。彼女の友人が胡洞の持ち込んだ呪われた着物に取り憑かれたのを救ったときから、やたらと炎真に絡んでくる。成人していると言っていたが、どう見ても一八くらいだろう。

「そうですよ、仮にも地獄の大王を……」

「うッさいよ篁……って、えーっ！　なにこの子！」

スピカは甲高い声を上げてしゃがみこんだ。その手の中にビーグル犬が飛び込む。

「かわいーっ！　ヤバヤバ！　なにこの子、えんちゃんの犬⁉」

頬をなめようとする犬とそれを避けるスピカを見て、篁が呆然《ぼうぜん》とした顔で言った。

「エンマさま、この子です」

「あ？」

「ハンカチの持ち主、スピカさんだったんですよ」

三

テーブルの上に置かれたハンカチをとりあげ、スピカが目を丸くする。

「あー、これ、マジあたしんだ。どこへ行ったんだろって思ってたんだ」

「じゃあ、去年の冬、江口和道と会っていたのはおまえなんだな」

炎真はソファに座ってテーブルの向こうの椅子に座るスピカに言った。

「エグチィ？」

スピカは目を上に向けて考えるそぶりをした。

「覚えてないよ、そんな前のこと」

「半年前だぞ」

「あたし、売れっ子なもんで」

「それにしちゃよく部屋にいるよな」

炎真が言うと、むうっと上目で睨んでくる。

同じく隣で椅子に腰かけていた鈴木は、ファイルから江口和道の顔写真を取りだした。免許証の写真なので少し若い。

「去年の冬、新宿中央公園で会った男だ。かなり年輩で、心臓発作を起こしておまえが救急車で病院までつきそった」

「ああ、なんだ、カズちゃんじゃん」

そこまで聞いてようやく両手を叩く。

「そうそう、カズちゃん、江口って名前だった」

「ハンカチは病院に忘れていかれたようですよ」

犬を抱いて立っている篁が口を挟む。

「うん、汗がマジヤバかったからハンカチで拭いてあげたんだ。そのとき渡してそのままだったのかー」

「病院ではでたらめな住所と名前を書いたようだな」

炎真が言うとスピカは細い肩をすくめ、椅子の上でからだをゆらゆらと揺らした。

「だってー……カズちゃんだって知られたくないっしょ？　いい年してデリヘル嬢と会ってたなんてさ」

「別にいいだろう？　会ってただけなんだから」

「え、なんで知ってンの？」

江口和道の生前の記録を見た、とは答えられない。

「そうなの。カズちゃんとは二回ほど会ったんだ。たまたま新宿駅で声をかけられてさ。カズちゃん、あたしの顔見てマジびっくりしてたんだよ。昔好きだった人にそっくりだったんだって」

スピカの頭の上にはシュシュで結わえた髪が大きなおだんごになっている。それは彼女のからだの揺れにあわせてわさわさと揺れた。

「あたしデリヘルやってるって言わずにデートクラブみたいなもんって言って、それで二回デートしたんだ。おしゃべりだけだよ、お年寄りにはほら、刺激強いじゃん？」

「金はとったのか？」

「当たり前じゃん。あたしだってプロだよ。お代分は優しくしたよ？」

スピカはにっと笑みを向ける。隣の鈴木はちょっとだけ肩をこわばらせた。

「中央公園でベンチに座って、あたし、カズちゃんの初恋の人の話、いろいろ聞いたよ。カズちゃん、戦争知ってんの、びっくりだよね。アメリカと戦争してたなんて知ってた？　東京は全部焼けちゃったってマジかーって言っちゃった。カズちゃん、初恋の人とは田舎……疎開先っていってたっけ。そこで知り合ったんだって」

ひとつ話すと次々に思い出したのか、スピカは江口和道の話を色々としてくれた。

「最期のときはどうだったんだ？」

炎真が聞くとさすがに神妙な顔になる。両手を膝の上に乗せてうつむくので、薄いキャミソールから胸の谷間が盛り上がった。

「急に胸を押さえて苦しそうにして……さっきも言ったけど汗だらだら出ちゃって。あたしカズちゃんの電話借りて救急車呼んだの。こういうこともたまにはあるから、そのときは相手の電話でかけろって社長にいっつも言われてたからね」

スピカはちょっと後ろめたそうな顔をした。

「そんで病院でカズちゃんの連絡先書いて……あ、カズちゃんの連絡先はちゃんと事務所に登録してあるからさ。でも家族と鉢合わせするとお互い気まずいっしょ？　なんでさっさと帰ってきたんだよね」

話し終わるとスピカはきょろきょろと目だけを動かして、炎真や鈴木を見た。

「……ねえ、なんであたしのこと探してたの？　もしかしてカズちゃん……」

「亡くなりました」

篁が目を伏せて言う。抱かれていた犬が絶妙なタイミングで鼻をピスピスと鳴らした。

「マジか！」

スピカが天井を仰いで顔に手を当てた。

「やっぱそうかー。じゃないかって思ってたんだ。カズちゃん、くっそ苦しそうだったし。あーそれでかー、やっぱあたしのせいなんかな。カズちゃんどちゃくそ喜んでマジアゲだったしなぁ」

バタバタと動かしていた足を止め、スピカは前のめりになって炎真に顔を近づけた。

「信じなくてもいいけど、あのあとあたしだってマジ心配したんだよー。何度も夢にカズちゃん出てくるしさ。やっぱ、くそやば。あたしどーなんの？　ケーサツに捕まる？　ヤバイヤバイヤバイ……」

「いや、死因はおまえには関係ないから大丈夫だ。それより」

炎真はわめき続けるスピカの頭を片手で押さえた。

「夢を見たと言ったな。何度も？」

「え、あ、……うん」

スピカは炎真の手の下で顔を赤らめた。

「どんな夢か覚えているか？」

「う、うん。だいたいいつも同じだから」

炎真が手を離すと名残惜しそうな目を向けてくる。

「カズちゃんがあたしになんか言おうとしてんの。でもよく聞こえなくて、結局カズちゃんいつも笑って終わるのね」

「笑う？」

「うん、それもなんか棒読みみたいな笑い方でさ、ふぁふぁふぁ、って。マジ、イミフなんだけど」

「笑う……」

「結局なにもわからないってことじゃないですか」

今まで黙ってスピカの話を聞いていた鈴木が声をあげた。

「江口さんが亡くなったときそばにいたのはスピカさん。それだけです。江口さんの失くしものについてはわからないってことですよね。それで江口さんの霊を祓えるんですか？」

「なに、こいつ」

　スピカがスーツ姿の鈴木を上から下まで見下ろす。

「なんかえんちゃんに文句言ってるよ、篁。あんたえんちゃんの秘書なんでしょ、いいの？　こんな口きかせて」

「あ、あの、スピカさん。鈴木さんはお役所のお仕事でいらっしゃってますので」

　篁はスピカの背後で犬を抱きしめてうろたえた声をあげた。

「だからなに？　役所の仕事がそんなにえらいの？　自分たちじゃなンもできなかったからえんちゃんに頼んだんでしょ」

　喧嘩腰《けんかごし》のスピカの言葉に鈴木もむっとしたらしい。スーツの胸を反らし、きっと睨んだ。

「なにもできないなんてことはありません。実際私がいなければあなたのハンカチは手に入らなかったのだし」

「あ、なんかこいつムカつく」

　スピカもキャミソールの胸からはみだしそうなふたつの山を突き付ける。

「さっきからこいつってなんですか。少なくとも私はあなたより年上ですよ。口のき方に気をつけてください」

「うわ、マジムカつく。なにこいつ。カズちゃんはね、あんたよりずっと年寄りだったけど、あたしがどんな話し方したって喜んでたよ」

「どうだか。あなたの夢に出てきたのだって、恨み言のためじゃないんですか」

「なに言ってんだよ。カズちゃんいつもふがふが言ってるけど、そんなわけないじゃん！」

「二人ともやめろ」

炎真は両手を伸ばして鈴木とスピカの額を押さえた。

「キーキーうるせえぞ」

「ちょっと、やめてください、なんですかさっきから。命令しないで！」

鈴木は怒りで身を引き、

「えんちゃんの手、おっきいねー。知ってた？　手の大きい人はアレもでかいんだって」

スピカは嬉《うれ》しそうにぐいぐいと額を押し付けてくる。

「それよりスピカ、おまえさっきなんて言った」

「え？　えんちゃんのアレがおっきいってこと？」

スピカがぐふふ、と反応を見るように笑ったが、炎真は無視した。

「その前だ。江口が言った言葉、聞き取れなかったって話だ」

「ああ、あれ……。そうなんだよ、なんか一生懸命言ってるけど、うあうあって言葉になってなくてさ。それで最後は笑っておしまい」

ふぁふぁふぁふぁ、とスピカは口真似《くちまね》した。

「デートのときはどうだったんだ、たくさん話したと言っていたが」

「そのときはふつうだったよ、ちゃんとしゃべってた。カズちゃん、江戸っ子っていうのかな、話し方かっこよかったよ。スパスパ話してて気持ちいいくらいだった。なのに夢だとダメだね、ぜんぜんイミフでマジぴえん」

スピカは指を目の下に当てて泣き真似をした。

「すみません、……イミフとピエンってなんです？」

篁が背後から口を挟んだ。スピカは顔をあげると、

「ググれば？」と情け容赦なく斬り捨てる。

「最後にもうひとつ。江口は発作を起こしたときベンチに座っていたんだな。そのときもしかして頭から倒れこまなかったか？」

「えー、なんでわかるの⁉」

スピカは驚いたらしく目を大きく見開いた。

「そうだよ、こう胸を押さえてね、そんでえっと、前まわりになってごろんって。だから鼻血でるし口切れるしで顔面ゾンビだったよ！」

おそらく心臓発作を起こした時点で意識を失ってしまったのだろう。地獄の記録は本人が知り得ることとしか書かれていないため、そんな細かい記述はなかった。

「……なるほど」

炎真は椅子から立ち上がった。

「江口の失くしたものがわかったかもしれん」

「え、本当ですか？」

鈴木もつられたように腰を浮かす。

「ああ、確認のため、江口の遺族に会いたい。鈴木美奈子、おまえの出番だ」

江口和道の遺族は、鈴木が新宿区の公園課だと名乗ったとき、ずいぶんと恐縮した態度をとった。江口が公園で亡くなっているので、そのために迷惑をかけたと申し訳なく思っていたのだろう。特に老いた妻は「他人様《よそさま》に迷惑をかけるな、てのが口癖だったのに、当人がとんだ迷惑をかけてほんとに申し訳ありません」と何度も頭をさげるので、鈴木はなだめるのに苦労した。

それ以外の用事はものの一〇分で済んだ。

「どうだった？」

江口の家の近くで待っていた炎真は、街灯の明かりの下に鈴木を呼んだ。そばには篁と、スピカもいる。

「炎真さんのおっしゃっていた通りでした」

鈴木はそう言って小さな箱を渡す。

「これをお借りすることが出来ました。よくあんないいわけで貸してくれたと思います」

「なんて言ったんだ?」

「……〝ベンチから落ちたときの参考として科捜研で衝撃の度合いを調べる〟」

「それなら地獄でも問題にならない嘘《うそ》だな」

炎真は中を確認すると、鈴木に笑いかけた。

「よくやった」

膨れっつらだった鈴木の頬がたぷんと緩くなる。上目で炎真を見上げると、「ええ、まあ、仕事ですから」とつま先でもう片方の靴の先をこすった。

「ちょっと来て、篁」

なぜか一緒についてきていたスピカが篁の腕を握って離れた場所に引っ張った。

「なにあれ? えんちゃん、ああいうのマジずるいレベルだよね。不良と雨の子犬パターンじゃん? イジワルなやつが急に優しくすんなっての」

「はあ? なんの話です」

「わかんないの? 篁ってバカなの?」

「ば……」

篁はショックを受けた。平安時代においては時の天皇さえもその智《ち》でもって感銘させ、遣唐副使にも選ばれたほどの秀才であったのに。いや、実際は唐へは行かなかったが。

「鈴木って見るからに恋愛ケーケンなさそうじゃん。それがあんな優しい笑顔を向けられたらアウトだよ。バチクソアウトじゃん！　ちょっと聞いてんの」

揺すられたがバカ発言のショックで耳に入ってこない。

「なにやってんだ」

炎真が鈴木と一緒に歩いてきた。数歩後ろで従っている鈴木の雰囲気がこころなしか柔らかくなっている。

「別にぃ。それでカズちゃんちに行ってなにしてきたの？」

「おまえには関係ない」

「えー、なにそれ！　せっかく一緒に来てるのに教えてよ」

「別に来てくれと頼んだわけじゃないだろう？　だいたいなんで付いてきたんだ」

「いいじゃん、ヒマだったんだよ」

「売れっ子じゃないのか」

炎真はスピカには江口和道の霊が現れるという話をしなかった。スピカに霊を視る力がない以上、出番はない。それにそっち関係の興味を持たれても面倒なことが起こる予感しかなかった。

「えんちゃん、ゴールデン街で飲んで帰ろうよ」

スピカはスキップしながら道路に飛び出す。炎真は塀に頭を押しつけている篁を見た。

「おまえはなにをやっているんだ」

「ほっといてください。今自尊心を再構築しているところです」

「わけわかんねえな、先行くぞ」

炎真はスタスタと歩きだす。鈴木は心配げに篁を振り返ったが、すぐに炎真の後を追った。

「わたの原八十島《やそしま》かけて漕《こ》ぎ出《い》でぬと人にはつげよ海人《あま》の釣り舟ええええ……」

夏の夜空に篁の呟く歌が呪詛《じゅそ》のように上ってゆく。

四

霧のような細かい雨が、柔らかく紫陽花の花びらを濡《ぬ》らす。あまりにも優しい雨は、傘の上に降っても音をたてなかった。

そんな雨の日も、老人は芝生の上に膝をついて捜し物をしている。

「江口和道」

名を呼ばれたが老人は振り向きもしなかった。

「そんなところいくら捜したってないぜ。おまえの落とし物はとっくに回収されている」

炎真は傘を差して老人のそばに寄ると一緒にしゃがんだ。

「これだろ、おまえが捜しているものは」

炎真は右手を差し出した。江口和道は目の前に出されたものに初めて反応を示した。

「ふぁ、ふぁ……」

両手でそれを摑《つか》み、口の中に入れる。しばらくもごもごとあごを動かしたあと、ぱっと笑顔を見せた。

「ああ、助かったよ。ありがとな」

「災難だったな」

「まったくだ。こいつがないおかげで苦労しちまったよ、あんたが見つけてくれたのかい？」

「いや、奥さんがちゃんと保管しててくれたよ」

「こんなものをかい？　まったくなんでもとっとくんだよ、うちのやつは」

そう言って江口は大きく口を開けて笑った。その口の中には年齢の割りにはきれいな歯が並んでいる。

「入れ歯がなくっちゃまともに話せないんだ。まったく、情けない話だぜ」

「ベンチから落ちたとき外れたんだな」

炎真が鈴木に言って遺族から借りてきたのは、江口の入れ歯だった。江口がベンチから落ちたときに外れたそれは、後日、遺族が公園を捜して見つけていた。

遺体は葬儀のさい、エンバーミングされたため、口の中には綿が含まされ入れ歯は必要なかった。そのため、一緒に火葬もされず、自宅に保管されていたのだ。

「もうけっこう緩くなってて医者に直しにこいって言われてたんだよ。この先そんな長くねぇから余計な金を使いたくねえって断ってたんだが、医者の言うことは聞くもんだな」

面目ねえ、と江口はぴしゃりと広くなっている額を手で打った。

「これで成仏できそうか？」

「ああ、あとひとつだけ、あの子に伝えたいこと言ったらな」

そう言って江口はすまなそうに炎真を見た。

「いいかい？　ほんのちょいの間だ、見逃してくれるかい？」

炎真は苦笑して肩をすくめた。

「半年待ったんだ、少しくらいいいさ。俺だって休暇中だからな」

「ありがてえ。じゃ、いってくらぁ。ちょっくらごめんよ！」

江口の姿が消える。

炎真は立ち上がると、傘を肩にしたまま公園のベンチに腰を下ろした。尻が濡れたが気にしない。

見るともなしに雨の公園を眺める。霧雨の向こうの人の姿は、曇ったガラス窓を通してみるようにぼんやりとしていた。

人の少ない濡れた芝生は緑の沼のようにも見える。

ボスンと軽く傘の上に落ちたものがあった。それは跳ね返って道に転がる。

炎真は立ち上がってそれを拾い上げた。

江口の入れ歯だ。

「もっとゆっくりしてきてもよかったのにな」

江戸っ子はせっかちでいけねえ、と炎真は一人、笑みをこぼした。

終

「ねえ、聞いて聞いてよ！」

ノックもせずにスピカがジゾー・ビルヂング七〇四号室のドアを開けた。

「鍵をかけておけよ、篁」

ソファに横になっていた炎真がいやそうに言って、篁に丸めたティッシュを放る。

「さっき外へ出られたのはエンマさまでしょう」

テーブルで犬の写真集を見ていた篁は、ティッシュをゴミ箱へ投げいれた。

「ねえ、聞いてってば！」

スピカはソファの上の炎真にかぶさるような勢いで背もたれに手をつく。

「今朝の夢にカズちゃん出てきたんだよ！」

「カズちゃん……？　誰だっけ」

「なに言ってんだよ、公園で死んだおじいちゃんだよ！　もう忘れるなんてガチにヤバクね？」

炎真はのしかかってくるスピカの肩を手で押し返した。

「冗談だ。それがどうした」

「だから夢に出てきたんだって。それが、今度はなに言ってんだか、ちゃんとわかったの！」

「ほう、何て言ってた」

「うん、あのね……」

勢いこんでいたスピカは急にしゅんと眉を寄せた。

「カズちゃん、ありがとうって。楽しかったって言ってた。そんで、俺が死んだのは、寿命だから気にすんなって。ずっとそれ言いたかったんだって。最後に元気にわははって笑って……」

スピカの目に涙が浮かぶ。

「ばっかじゃん？　あたしなんて、普段忘れてんのにさ。気になんかしないってのにさ。なのにわざわざ出てきて言うことがそれ？　マジわけわっかんない。どうせなら初恋の彼女に言えなかったことでも言えばいいじゃん……」

炎真はスピカにティッシュの箱を渡した。スピカはそこから一枚とって盛大に洟《はな》をかむ。

「江口はもうあっちで初恋の人に会ってるかもな」

炎真がそう言ってやるとスピカはうなずいた。

「きっとそうだよね。カズちゃん天国行ってるよね」

再びドアがノックされ、今度も返事をする前に開かれた。顔を出したのは二階の古美術商、胡洞だ。

「おじゃまするわよー」

「あ、胡洞、てめえ」

炎真はソファから立ち上がった。

「俺に嘘をつくたあいい根性だな」

「あら、なにかしら」

胡洞は今日は青い縞模様《しまもよう》の眼鏡をかけている。そのガラスの下でぱちくりと瞬《まばた》きをした。

「水ようかんだよ！　通販やってないって大嘘じゃねえか。ちゃんとクール便で取り寄せられるぞ」

「あら、バレちゃったぁ」

炎真は『全国うまいものお取り寄せ特集』と書かれた雑誌を胡洞に突き付ける。

「今しか食えないと言って俺を働かせやがって」

「ごめんなさぁい、今度はちゃんと〝今〟しか食べられないものもってきたわよ」

胡洞はそこでようやくスピカに気づいたらしい。眼鏡の奥の目を大きく見開いた。

「あら、なぁにい、かわいい子連れこんじゃって」

スピカは胡洞の派手さに軽く圧倒されているようだったが、彼が取り出した紙袋を見て前のめりになった。

「あー、それ、富士山カヌレでしょー」

「あら、知ってるの？」

「うん、販売と同時に瞬殺されるやつだよね」

「瞬……殺……？　誰が殺されるんですか」

物騒な言葉にお茶をいれようとしていた篁が振り返る。

「なに、言ってんの篁。即完売って意味だよ」

「……日本語は僕の知っている頃からずいぶん意味が変わったようですね」

胡洞もうんうんとうなずいた。

「言葉はほんと生き物だからねえ、あんたもいつまでもわたの原で船漕いでる場合じゃないわよ」

「篁ってけっこうもの知らないよね。こないだイミフってなんだって言ってきたんだよ」

「あらまあ、本当？」

「あうあう」

二人に言われて篁はよろよろと椅子から立ち上がるとベッドへ向かった。ぱたりとシーツの上に倒れ込む。

「小野篁……修行し直してきますー」

布団をかぶってみのむし状態になった篁を見て、炎真は胡洞とスピカを睨んだ。

「俺の秘書で遊ぶんじゃねえよ」

「めんどくさい男だねえ」

胡洞は笑って篁がいれようとしていたお茶のパックを手に取った。

「いっそクビにしてあたし雇ってよ！　スマホ使うならプロたよ」

「それよりその菓子、寄越《よこ》せ」

「わー、食べよう！」

「紅茶でいいわよねえ？」

自分を無視してわいわい盛り上がる室内に、千年前の貴人小野篁は、再び悔し涙にくれるのだった。

第二話

えんま様、妖怪の引っ越しを手伝う

more busy 49 days
of Mr.Enma

そのスナックは、中華丼が絶品なのだと胡洞に教えてもらった。なるほど、たれに独特のあじわいがありうまい。また、つけあわせのシャキシャキとした野沢菜がいい仕事をしている。薄めのハイボールともよくあっていた。

カウンターの後ろにテレビがあり、動物園にいるマヌルネコに赤ちゃんが産まれたというニュースをやっている。

「マヌルネコって準絶滅危惧種なんですってよぅ」

胡洞がテレビを見ながら言った。

「モコモコでかわいいですねえ」

犬も好きだが動物全般が好きな篁は画面を見てにこにこしている。丸っこいからだに顔と尻尾に縞模様があるところはアライグマにも似ているが、顔つきは猫だ。足が短く、たっぷりとした毛におおわれている顔は賢者のようだ。

「今は法律で規制されているけど、昔はあのたっぷりとした毛皮を取るために狩られていたんですって。あと餌になる鼠《ねずみ》が人間の駆除のせいでいなくなったのよねぇ」

「人間は他の生き物を滅ぼす能力に長《た》けているからな。だが生き物を保護する力も人間にしかない」

炎真は丼の底に残った最後のグリーンピースまで食べてしまってそう言った。

「自然の生き物はまだいいわよぅ、まったく話題にならないものに比べたら」

胡洞はカウンターの上に紙袋を置いた。

「お願い、炎真さん。大切な絶滅危惧種のためにひと肌脱いでもらえない？」

一

「私たちも絶滅危惧種って言うのかもしれないねえ」

藤堂英二《とうどうえいじ》は右手の指の間に煙草《たばこ》をはさみ、うまそうに煙を吐き出した。

「なんの絶滅危惧種だ？」

「喫煙者という名前の生き物だよ。そういえば筒井康隆《つついやすたか》の短編にそういう話があったな」

藤堂英二は日円《にちえん》食品という会社に勤めて三八年。新入社員の頃から煙草を吸っていた。もっと言うなら高校の時からだ。健康診断で肺のレントゲンを撮るたびに、本数を減らすようにと言われてきた。

深呼吸をする代わりに煙を吸い、ため息をつく代わりに煙を吐き、嬉しいときも悲しいときも、いつもポケットに四角い箱はあった。

煙草を吸えなくなるくらいなら長生きなんかしたくないと思っていたが、最近では煙草を美味《おい》しく吸うために本数を減らしていた。

生活もあるし、家庭もある。年や時代とともに吸いづらくなってはきている。だが止めるつもりはなかった。

会社に喫煙室ができたのは藤堂が入社して少したった頃だったか。

ひと頃は煙が充満して部屋の中が見えないくらい盛況だったが、最近は一人か二人だ。まったく誰もいないときもある。そんなときも藤堂は壁に向かって煙を吐き出し、ぼんやりとシミを眺めていた。

藤堂は喫煙室の常連だった。

他部署との情報交換も、新製品のアイデアも、時には派閥の複雑な動向も、この場所で手に入れてきた。

喫煙室とともに歩み、順調にキャリアを重ね、部長にまでなれたのは、幸運だった。

しかしその喫煙室も、来年には無くなってしまうという。

「ビル自体が禁煙になったんだよなあ」

藤堂は右手の人差し指と中指で煙草をはさみ、親指と薬指でグラスを持ってハーパー一二年をあおった。

「まあ私は明日で退職だから、それまで待ってくれてありがたかったがね」

ゴールデン街にあるバー山本《やまもと》はおいしいウイスキーを出してくれる店だ。口数の少ないマスターは、バーテンダーといえば誰もが思い描く通りの容貌をしている。

アールデコ調の店の作りも、飴色《あめいろ》に濡れた艶のあるカウンターも、藤堂の好みにあっていた。

会社の帰りに時々寄っては少し飲む。だが、定年退職し、出社しなくなれば、ここへ来ることもないだろう。

「思い出の場所が消えてしまうというのは寂しいものだな」

応えてくれたのはたまたま隣あった青年だった。藤堂が煙草を吸っているのを見て、「火を貸してくれ」と言ってきた。取り出した箱が外国のものやメントールの入ったものではない、昭和の時代から親しまれている銘柄だったので勝手に親近感を持った。

それでぽつぽつと煙草の話をしているうちに、勤め先の喫煙室にまで辿り着いたのだ。

「そうだな、寂しいね。会社の建物はずっと残っていても、もうあそこは私の居場所じゃない。喫煙室がなくなるより先に退職で良かったよ」

「喫煙室が好きなんだな」

青年はずいぶん若いのだが、その口調はどこか老成した落ち着きがあり、敬語でないのも気にならなかった。ずいぶんと酔っていたのかもしれない。

「好きだったねえ」

藤堂は煙を吐いた。紫煙はカウンターの上で漂ったあと、ゆるやかにほぐれて消える。

「明日もそこに行くか？」

「もちろんだよ。最後の別れにね」

「そうか」

青年は肘をカウンターに置き、ぐっと藤堂にからだを近づけた。

「俺は炎真と言う」

「え？」

「藤堂英二……おまえにひとつ、頼みがあるんだ」

二

「うーん……」

　藤堂は会社の喫煙室に入って唸《うな》っていた。いつもならすぐに煙草に火をつけるが、口にくわえたままぶらぶらさせている。

「うーん……」

　ポケットに手をいれライターを取り出しようやくつける。煙を吸い込み吐き出すと、すぐに空調がそれを吸い込んでいった。

「どうするかな……」

　昨日、ウイスキーバーでおかしな青年と会い、奇妙な頼まれごとをされた。

　夢のような、おとぎ話のような、不思議な話だった。

　青年の頼みは藤堂にとってはなんの得も損もない。

　彼と会ったこと自体、アルコールと煙が見せた夢だったのではないだろうか？

だって、なあ……。

「あ、藤堂部長、またここですか」

部下の一人が喫煙室のドアを開けて入ってきた。

「ああ、佐々木《ささき》くん」

黒縁眼鏡の若い社員――それでも三〇は過ぎただろう――が入ってきて、煙草を取り出した。ライターで火をつけてうまそうに吸う。

「佐々木くんはこの部屋がなくなったらどうするんだい？」

部下の中で数少ない喫煙者である同志に、藤堂は聞いてみた。

「そうですねえ、どうしましょうか。昼休みに公園ででも吸うか……それともこれを機会に禁煙でもしましょうかね」

「禁煙かい？」

「嫁にうるさく言われているんですよ、部屋で吸うと壁紙にヤニがつくからやめろって」

苦笑いをする部下に、藤堂も大きくうなずいた。

「私もだよ。もっぱらベランダのホタル族さ」

「昭和の時代はサラリーマンが煙草で景気を引っ張ってきたんだと思いませんか？蒸気機関車のように煙を吐いて」

「ははは、そうだねえ」

まるで自分が昭和世代のように言う彼に笑ってしまう。たしか彼は平成生まれだったはずだ。

「そのうち煙草なんて高級な嗜好品《しこうひん》になっちゃうんでしょうね」

佐々木は大きく吸い込んで、ぼわっとまとまった煙を吐く。

「まさに絶滅危惧種だね」

昨日もそんなこと言ってたな、と藤堂は思い出す。

「は？」

「いや、なんでもない――ねえ、佐々木くん」

「はい」

佐々木は鼻から二条の煙を吐いて振り向いた。

「話は変わるけど、君、妖怪とか詳しいかい？」

「ええ？　なんです、いきなり」

確かに話の展開としてはいきなりすぎる。藤堂は忙しく頭を働かせた。

「いや、その……ええっと、孫がね、妖怪が好きで、いろいろと聞いてくるもんだから」

「ああ、アニメでやってますもんね。僕はあいにく水木《みずき》しげるしかわかりませんよ」

その名前はさすがに藤堂も知っていた。

「ええっと、……えんらえんらっていう妖怪を知っているかい?」

「えんらえんら? ああ、聞いたことありますよ。煙の妖怪、でしょう?」

「詳しいね」

藤堂は灰皿に灰を落とした。

「実は妖怪図鑑を持っていたんです」

佐々木は照れくさそうに煙草を持った手で頭をかいた。

「そうか、本当にいるのか」

「いや、本当にはいないと思いますが、図鑑には載ってましたよ」

「そうか……」

藤堂はふうっと煙を吐いた。煙はくるくると回り、奇妙なことになかなか換気孔には流れてゆかなかった。


終業間際、藤堂は再び喫煙室に駆け込んだ。今日は仕事が終わった後、部下たちが送別会を開いてくれることになっている。そのまえに決意しないといけない。

藤堂は煙草を取り出して口にくわえた。ポケットの中に手をいれると軽くて固いものに触れる。

さあ、どうするか。

昨日、あの炎真と名乗った青年の頼みを聞くか？

まったくばかげた話だとは思うが。

彼はこう言ったのだ。

「喫煙室にいるえんらえんらを連れ出してほしい」と。

三

「えんらえんらってなんだい？」

カウンターでそう言われたときには、そういう動物がいるのかと思った。

「煙のような姿をしている妖怪だ。ずっとおまえの会社の喫煙室に棲《す》みついているんだ」

藤堂はただ笑った。炎真が酔ったと思ったからだ。酔ってふざけているのだと。

だが炎真は真面目な顔で藤堂を覗き込んできた。

「喫煙室が取り壊されるとそこにいるえんらえんらも消えてしまうことになる。そうなる前に連れ出して新しい棲み家に連れて行きたいんだ」

「いや、しかし」

待ってくれ、と藤堂は手を振った。

「私は四〇年近くあの喫煙室を使っていたが、そんなものは一度も見ていないぞ」

「煙の妖怪だからな」

炎真はふうっと紫煙を吐いた。

「ふだんはこんなふうに煙草の煙に擬態している。気づかないものだ」

「冗談はやめてくれ」

「俺だってこんな面倒な仕事は引き受けたくなかったよ。だがな、バターズのクラフトバターケーキをちらつかされたらやるしかないだろう」

ちょっとわけのわからないことを言われた。

「妖怪仲間が言うには、えんらえんらは絶滅危惧種に近いそうだ。ここで消滅させるわけにはいかないんだと」

炎真はとまどう藤堂にかまわず話を続けた。

「おまえが呼べば部屋を出てついて行くだろう」

藤堂は助けてくれ、とカウンターの中でグラスを拭いている山本《やまもと》を見たが、マスターは静かな微笑《ほほえ》みを浮かべてうなずくだけだ。まるでその人の言ってることは本当ですよ、と言わんばかりに。

「な、なんで私なんだ」

「あいつはあの部屋ができたときから、そこにずっと棲んでいた。いわばおまえの同期だ……。常連のおまえの言うことなら信用する。おまえもあいつの存在を信じてやってくれ」

藤堂はポケットから触っていたものを取り出した。それは四角い小さなマッチの箱だ。ラベルもなにもない白い箱で、片側に側薬と呼ばれる擦りつける面だけがついている。箱の中には黒い頭のマッチ棒がたった一本だけ入っていた。

「おまえがえんらえんらを信じ、あいつを連れ出してくれるならこのマッチを使って煙草を吸ってくれ。あいつにはそれでわかるはずだ」

そう言って渡されたマッチだ。

こんなバカなことってない。妖怪なんているはずがない。

藤堂は煙草を口にくわえたまま喫煙室を見回した。

すっかり黄色くなっている壁紙、天井のパネル。二つきりの丸いスタンド、洗っても洗っても汚れがとれないステンレスの灰皿。

部屋の隅の飲料の自動販売機もうっすら黄色く染まっていた。

およそ四〇年、たまりにたまった会社員たちの煙。

楽しいことも悲しいことも悔しいこともうれしいことも。すべて煙に吐き出してきた仲間たち。

炎真の言葉がよみがえる。

(おまえの同期だ)

「同期か」

考えてみれば同期はかなり少なくなった。転勤や出向や途中退職や早期退職……死んだものもいた。

残っているのは――。

指折り数えてふと顔をあげた。今、誰かに覗き込まれたような気がしたのだ。

(この感覚……)

思い出したことがある。若かった頃、直属の上司がずいぶんと問題のある人間で、今でいうパワハラの権化だった。そいつにずいぶん理不尽な目に遭わせられた。

残業で夜中になってここでひと箱空けた。腹が立って腹が立って仕方がなかった。

あいつを殺してやろうかとまで思った。

そのとき後ろから覗き込まれた気がしたのだ。

自分の殺意を見透かされたようでぞっとした。

(ああ、そうだ、あの時も)

好きになった女子社員になんて声をかけようか、ずっと悩んでいた。今日こそは、と思いながら日だけがすぎてゆく。

同僚が「あの子いいな」と言っていたのを聞いて、焦った。

ある日、喫煙室の前を彼女が通った。ガラス窓から見えたのだ。そのとき誰かに背を押され、ドアまでよろけると自然にドアが開いて、びっくりした顔の彼女がいた。

勢いでその場で食事に誘い、背を押してくれた誰かに礼を言おうとして振り返ると──誰もいなかった。

その時の彼女が今の妻だ。

(そうだ、一人で吸っていると時々誰かの気配を感じていた。いやじゃなかった。誰かが一緒にいることに落ち着きを感じていた)

「……おまえ、だったのか?」

藤堂は誰もいない空間に向かってつぶやいた。

めっきり喫煙者も減ったこの部屋で、一人でいても寂しくなかったのは。

藤堂は箱を開けてマッチ棒を取り出した。側薬に頭を押し当て──息をひとつ吐いて──擦った。

マッチの火は青白く燃える。それを口元の煙草に近づけ火を灯《とも》した。

肺に入ってくる煙が驚くほど清涼だった。

藤堂は煙を大きく吐いた。

「ふうっぅうううう――っ」

煙草の煙が床に落ち、それからゆらゆらと立ち上がった。

一六〇センチちょっとの藤堂の目線の先に、大きな煙が流れもせずにいる。

「そうか、おまえか」

藤堂は驚いたが恐怖は感じなかった。心臓がどきどきしているのは不安だからじゃない、未知のものに触れるときめきだ。

「おいで」

手を伸ばすと、煙はすうっと藤堂の全身を包んだ。

四

「藤堂部長、お世話になりました！」

「いままでありがとうございました！」

送別会が終わり、店から出た路上で部下たちの挨拶が終わらない。女子社員などは泣き出していた。

「部長がいなくなったら自分はどこで煙草を吸えばいいんですか」

佐々木が目を赤くして言う。少し酔っているようだ。

「きっとどこかお気に入りを見つけられるよ」

「一人きりで吸う煙草なんかおいしくないですよ」

「そうだな」

一人じゃなかったからあの喫煙室が好きだったんだ。

「佐々木くん」

「は、はい」

佐々木は目をぱちぱちと瞬かせて涙をこらえている。

「もし君がずっと煙草を吸い続けていたら……」

藤堂は子供のような期待を込めて言った。

「いつかまた会えるよ」

引き留める部下たちに別れを告げると、藤堂は花束を抱えてひとり、夜の町から立ち去った。

「待ってたよ」

炎真と待ち合わせた場所は新宿歌舞伎町の中にある小さな神社だった。

新宿には若い頃から通い、この神社の存在も知っていたが、歌舞伎町弁財天という名前は初めて聞いたような気がする。あとで調べると上野の不忍池《しのばずのいけ》の弁天様の分祀《ぶんし》らしい。

こぢんまりとした境内に入ると、小さな赤い社の両側に描かれた、迫力のある虎と竜の絵が目に入る。他では見ないようなユニークな神社だ。

「ご苦労だったな。礼を言う」

「えっと……どうすればいいんだい？　あれから煙は——えんらえんらの姿は見えないんだが」

「大丈夫だ。ちゃんとおまえについてきている」

炎真はそう言ってポケットから煙草を取り出した。マッチを擦って火をつけ、煙草に移す。ふうっと大きく白い息を吐いた。

すると藤堂のからだからつられたように煙がゆっくりとわき上がった。それは地面の上に降り立つと、藤堂に向かって軽く頭かと思われる部分を下げた。

「よーし、いい子だ」

炎真はえんらえんらに手を差し出した。

「おまえが棲めるところに行こう。駅前の喫煙ルームか、喫煙ＯＫの喫茶か、バーにでも」

炎真の手の上に、まるで腕のように煙が伸びる。藤堂は呆然とその光景を見ていた。まるで夢のようなおとぎ話のような。

「あの」

歩き出した炎真に向かって、藤堂は思わず声をあげた。

「彼は、いや、彼女かもしれないけど、えんらえんらは――喫煙室じゃないと棲めないのかい？」

炎真は肩越しに振り返ると、

「いや、煙があればいいらしい。普段は消えてるが時々は現れたいんだ。だがこの姿だからな、火のないところに立っているわけにはいかないだろう？」

炎真の言葉に応えるようにえんらえんらはゆらゆらとからだを揺らした。

「それじゃあそのう……誰かが時々でも煙を起こせばいいんだな？」

「そうなるな」

ゴクリと藤堂は唾を飲み、一歩踏み出した。

「だったら――ものは相談なんだが」

終

藤堂はマンションの窓を開けた。ベランダには妻が育てているミニトマトやスナップえんどう、それにゴーヤーが涼しげなグリーンカーテンを作っている。そのため、けっこう手狭に感じる。

しかし眺めはいい。一三階だが、天気のいい日は富士山も見える。

藤堂はベランダの手すりにひじを置くと煙草をくわえた。

「お父さん、煙草は一日三本の約束ですよ！」

せっかく閉めた窓を開けて妻が言う。それにわかったわかったと藤堂は背中で答えた。

ぴしゃりと窓を閉められ、ため息をつく。

「全く……勤めていたときより吸いにくい」

昨日、三八年勤めた会社を辞め、今日は出社のない初めての平日だ。

藤堂はくわえたままの煙草に火をつけた。いつもの自分のライターだ。

煙を胸の中いっぱいに吸い込み、大きく吐き出した。白い煙が顔の前に漂う。

「やあ、そこにいるのかい？」

藤堂は煙に話しかけた。煙は応えなかったが上下に伸び縮みして、手すりに腰を下ろすような形になった。

「ふふ」

藤堂は笑い声と煙を同時に吹き上げる。

「一日三回で悪いけど、でもここは空が見えるし広くていいだろう？」

煙はかすかに頭だと思われる箇所を動かした。

「しかし妖怪が本当にいたとはねえ。彼の話だとお仲間もいるそうじゃないか。定年になって無趣味な私は時間を持て余しそうだと思ったが、妖怪の研究というのも楽しそうだ」

藤堂は最後の一服を丁寧に吸って、長く吐き出した。

「君の仲間を探す旅というのもいいかもしれないなあ、えんらえんら」

空に煙が上ってゆく。

藤堂とえんらえんらはその薄いたなびきを、一緒にずっと見つめていた。

第三話

えんま様と迷子の少女

more busy 49 days
of Mr.Enma

序

その人は暗い場所に立っていた。

暗い場所なのにその人が女性だとわかったのは、彼女自身がうっすらと発光していたからだ。

体全体から白い光を発しているようだ。

その人は泣いていた。泣きながらあたしを見つめている。

「……こ」

名前を呼ばれたと思った。声は聞こえなかったけれど。

「……こ、ごめんなさい」

どうして謝るの？　あなたは誰ですか？

その人はあたしより年上だった。そして知っている人だった。でも知らない。あたしはその人のことを知らない。

「ごめんなさい……がんばったんだけど、もう……」

長い髪。黒くてサラサラ。あたしはその人の髪に触れたことがある。

「アレがおまえのところへいく……にげられない……ごめんなさい」

あれ？　あれってなんですか？

「おまえをさがしている……みつかる……みつけられる……」

なんだか怖くなって逃げ出したかったけど足が動かなかった。

「でもだいじょうぶ……まもってくれるひとがいる……だいじょうぶだから……」

その人は涙を拭って笑った。あたしの大好きな笑顔。

「まってて、……まりこ」

一

神谷鞠子《かみやまりこ》は指の先にぶらさがったストラップを見つめていた。人気ゲームのキャラクター、白露《はくろ》さんが朝日を浴びてゆらゆらと揺れている。

平安王朝を舞台に、さまざまな悪鬼魍魎《もうりょう》と戦う二四節気の季節擬人化ゲーム。長い黒髪をなびかせ、白拍子の衣装を身につけた美形キャラ。腰には刀を差し、左手に扇を持っている。

「かっこいいー、やっぱり好きぃ」

登校の準備はできていた。あとは白露さんをスマホにつければ終わりだ。

このストラップを手に入れるのには苦労した。コインをいれてダイヤルを回すカプセルトイのおもちゃで、鞠子の住む地域には、その手の機械はどこを探しても見つからなかった。

鞠子は週末ごとに東京へ出かけた。高校生になったのに門限は一八時と厳しく決められていたし、一人で東京に行くことに両親がいい顔をしなかったので、日曜日に友人とでかけるしかなかった。

埼玉在住の鞠子にとって、東京といえば池袋だ。埼京線一本でいける。

しかし池袋のアニメショップやゲーセンを回ってもこのゲームの機体は一台か二台、そしていくら金をつぎ込んでもお目当ての白露さんは出てこなかった。

そんな鞠子に友人の心春《こはる》が朗報をもたらしてくれた。

「新宿駅で期間限定のショップが展開されるらしいよ。回すやつじゃなくて、販売してくれるみたい」

新宿かあ、と鞠子は浮かない顔をした。限定ショップは行きたい。行きたいのだが……。

「新宿きらいなんだよね」

放課後、クラスには鞠子と心春、それから隅の方に男子が三人いるだけだった。

「なんで？　新宿いいじゃん。池袋より都会って感じがする」

心春が首をかしげる。新宿が池袋より都会のイメージがあるのは、あたしたちが行ってないからだよ、とは鞠子は言わなかった。

「新宿って駅がダンジョンだし」

「池袋だってたいがいでしょ」

「人だってどちゃくそいっぱいだし」

「池袋だってめさめさ多いよ」

「怖い人とか多そう」

「なんなん？　鞠子。なにそのネガティブキャンペーン」

心春があきれた顔で言う。

「埼京線に乗れば黙ってたって新宿着くよ？　鞠子、新宿行ったことないの？」

「うん、ない」

「うっそ！　マジ？」

心春の甲高い声に、隅にいた男子生徒がこっちを向いた。鞠子は急いで心春の胸のリボンをひっぱる。

「いや、うそ。むかし行ったことある、すっごい子供の頃」

「そうなん？」

「うん、それで……迷子になった、……ような」

「あー、それがトラウマになってんのか」

「そういうわけじゃ……あるのかな。どちゃくそ人がいっぱいいて、おっきな看板の下で……」

泣いていた。周りには大勢の人がいるのにだれもみてくれなかった。

「看板の下で……」

待っててと誰かが言った。あれはお母さんだったのかな、女の人が。でも。

振り仰いだ看板は真っ赤で外国の言葉が書いてあったような気がする。

「鞠子」

呼ばれてはっと顔を上げると心春がのぞき込んでいた。正面から見る心春の顔はなんとなく近所の柴犬ににている。

「大丈夫？　ぼうっとしてたよ」

「うん、……大丈夫」

鞠子はぱちぱちと瞬きした。

「だからさ、行こうよ新宿、今度の日曜！」

「うん……」

そんなわけで心春と一緒に昨日新宿に行ってきた。限定ショップでようやく白露さんを手に入れたときは思わずその場で飛び跳ねてしまった。

スマホにつける用と、保存用に二つ買った。

そのあと心春とマンガとCDが置いてある紀伊國屋アドホックにいって、マニアックなグッズやファッションがそろっているマルイアネックスに行って、TAKANOでお茶をして帰ってきた。

新宿は記憶にあった街よりももっときれいだった。通った場所が大通りのそばだったせいか、池袋より空が見えた。真っ青な空にビルがいくつも伸びているのが、いかにも都会という感じがした。

なにを怖がっていたのだろう、と思った。

だけどちょっと心にひっかかっていることは、ある。新宿から帰ってきたその日、夕食の席で「今日、新宿行ってきた」と言ったとき。

「えっ!?」

母親の初恵《はつえ》が今までに聞いたこともないような変な声を出した。

父親も自分を見ていた。鞠子が顔を向けるとさっと目線をそらせる。

母と父の間でなにか奇妙な空気が流れた。

そのあと二人ともすぐにふつうの様子に戻っていたが、あのときの声と目は忘れられない。

なんだろう、あれは。

あの感情は……表情は……。なにか言いたげな、どこか怖がっているような。

「鞠子、ご飯！　学校に遅れるわよ！」

階下で母親の呼ぶ声が聞こえ、鞠子の思考を断ち切る。壁の時計は七時半を指していた。

「はーい」

鞠子はストラップを急いでスマホにつけた。持ち上げて振ってみると白露さんがほほえんだような気がした。

「よきかな」

白露さんの口癖を唱えれば、頭の中からは昨日の両親の様子は消えてしまう。鞠子はスマホをスカートのポケットにいれ、鞄《かばん》を持って下におりた。

朝食をとって駅に急ぐ。鞠子の通う高校は三駅先にあった。

改札を通って階段を上るとホーム。いつもの乗車口に行こうとしたとき、向こうから早足でくる小太りの男性を見つけた。

(あ、あいつだ)

わざとぶつかってくるやつ。

今までに三度ぶつかられた。最初はこちらの落ち度だと思って謝った。相手が舌打ちしたせいもある。

二度目は最初のときと同じ人とは思わずにまた謝った。そして三度目、男はぶつかった方の手で鞠子の股間に触れてきた。

わざとだ、と思った。ちょうど駅で女性にぶつかる男の話がネットニュースにもなり始めた頃だ。

(やだ)

鞠子はホームの壁際に寄った。いくらなんでもこんなに端にいれば邪魔になるはずがない。

小太りの男は鞠子の横を通り過ぎた。

ほっとして歩き出したとき、どんっと背中にぶつかられた。

(えっ!?)

振り向くまもなく、自分を追い越していったのがあの男だとわかった。

(なに？　いったん通り過ぎた振りをしてまたもどってきたの!?)

男はホームの反対側まで歩いていった。そこで「あ、間違えた」というような小芝居をして再びこちらへ猛然と歩いてきた。

鞠子は周りを見回した。駅員がいれば守ってもらおうと思った。だがあいにく駅員の姿はない。とっさに別な男性の背後に隠れた。

小太りの男は通り過ぎた。男性にはぶつからないのだ。弱そうな、おとなしそうな女性や子供にだけぶつかるのだろう。

鞠子は怒りを込めて階段に向かう男の後ろ姿を睨みつけた。

(なんて卑怯《ひきょう》なやつ！　あんなやつ――)

男がホームから消えるまで安心できない、と鞠子が見ていると、男は改札へ向かう階段の上で、急に両手をばたつかせた。そしてさっと姿が消えた。

悲鳴と何かが倒れる音がしたのはその後だった。

鞠子は思わず階段まで走った。上から見下ろすと一番下に男が倒れているのが見えた。駅員が駆け寄ってくる。

男は両手をついてからだを起こした。

(なんだ、たいしたことなくて残念)

鞠子はホームに入ってきた電車に乗るため階段をあとにした。

(死んじゃえばよかったのに)

これが第一の事故だった。

学校に着いて今日あった出来事を話すと、「私もぶつかられたことある」と言い出す子が何人もいた。容姿から別の人物だとわかって、そんなに大勢ぶつかりおやじがいるのかと驚いた。

「マジ、死んでほしいよね」

「痴漢もするしさあ」

「それで家に帰ったらウチらみたいな子供がいるんだぜ、最悪だよね」

世の中の女子高生を消費物としか考えていない男の多さに、鞠子たちはうんざりしている。

「痴漢とかDVとか、そういうやつ、みんなモゲロって思うよね」

ほんと、マジ、うけると笑ってその話は終わりになった。

昼休み、鞠子は同じクラスの沖村《おきむら》という男子生徒に呼び出された。中庭について行くと、見知らぬ男子生徒がいた。沖村と同じテニス部のものだと名乗り、つきあってくれと言われた。

突然の告白に確かに胸はどきどきしたが、全く面識のない相手だったし、第一顔が好みではなかった。

なぜ自分なのかと聞いたら、クラスで沖村としゃべっているのを見ていいなと思ったと言われた。

「それだけで?」

ほかにもなにかいろいろ言っていたが、つねにふらついている体や、靴のかかとを潰して履いているところや、シャツの真ん中のボタンが外れてるのに気づいてないところなど、いろいろと無理だと思った。

「ごめんなさい」

話の途中でそう言うと、相手はあからさまに不機嫌な顔になった。

「なんだよ、ブスが調子にのって」

そう言い捨てて背を向けた。

「おい、ちょっと待てよ」

沖村が追いかけてゆく。二人の姿が見えなくなったところで鞠子に怒りがわいてきた。

「なによ、あれ。人のこと言えるの、ばか! サイテー!」

ガチャン! と、その瞬間、ガラスの割れる音がした。そのあと女子の「きゃーっ!」というかなきり声。

驚いて悲鳴の聞こえた方へ走っていくと、地面の上に沖村とその友人がうずくまっていた。周りにはガラスの破片が散らばっている。それからアルミの窓枠。振り仰ぐと二階の窓から女子たちが鈴なりになって顔を覗かせていた。

「どうしたんだ！」

教師が走ってくる。

「窓が急に外れたんですー！」

二階の女子が叫び返す。

沖村と鞠子に告白をした男子は血だらけだった。白いシャツが赤く染まっている。つっ立ってそれを見ていた鞠子の耳に、ふっと熱い風が吹き付けた。まるで人の息のような……。

鞠子は耳を押さえて振り向いたが、そこにはなにもいなかった。

その日の学校の帰り、鞠子は心春や千凪《ちなぎ》と一緒にファーストフード店に寄った。道々話していたのは今日学校であった事故のことだった。

「救急車近くでみたの初めてー」と千凪は嬉しそうに言った。

「鞠子、沖村の友達に告白されたってほんと？」

心春が好奇心まるだしの顔で聞いてくる。

「うん……断ったけどね」

「っていうかー、ぜんぜん話もしてない男子なんて無理だってー」

「だよねー。それにあいつあんま評判よくないもん、振って正解だよ。逆に怪我《けが》してくれてラッキーじゃん？」

「え？」

「だって、振ったあとストーカーになりそうじゃん」

「うわ、キモ！」

ファーストフード店に入ってカウンターの列に並んでいると、あと一人、というところで急に見知らぬ女性が割り込んできた。

「あ、ごめん。ちょっと急いでるから先、いい？」

女性は勤め人とも主婦ともどっちつかずの恰好で、化粧っ気のない顔に妙に派手なシースルーのブラウスを着ている。

「え、あの」

鞠子が戸惑っている間に、彼女はカウンターのスタッフに「うきうきセット二つ、オレンジジュースとコーラ」と注文している。スタッフはちらっと鞠子を見たが面倒を嫌ったのか「はい、うきうきセット二つ、オレンジジュースとコーラですね」と女性に答えた。

「なんなん？」

別の列に並んでいた心春が口を丸く開ける。

「割り込みじゃん、おばさん」

女性はじろりと心春を睨み、すぐに顔をカウンターに戻した。

「ちょっと……！」

言い募ろうとした心春を鞠子は止めた。

「いいよ、先にテーブル行ってて」

心春は口を大げさに曲げると、自分のトレイを受け取ってテーブルに向かった。

割り込んだ女性が会計を済ませたあと、鞠子はカウンターについて「ポテトといちごシェイク」と頼んだ。

スタッフは満面の笑みで対応してくれたが、鞠子の気分はよけいすさんだ。

トレイを持って心春たちのいるテーブルに行こうとしたとき、さっきの女性が男性と一緒にいるのを見た。にこにこと、心春を睨んだときとは大違いの顔をしている。

(なにあれ)

ムカついた。男にいい顔したかっただけ？

そのとたん、バンッと音がして女性のトレイが五〇センチは飛び上がったのを見た。上に載っていたジュースやポテト、ハンバーガーが周囲にまき散らされる。

「きゃあっ！」

女性が椅子から転げ落ちた。ゴツッと鈍い音がした。女性は「痛いっ！」と悲鳴を上げて肩を押さえている。

「痛い！　痛い！　痛い！」

連れの男性があわててしゃがみ込む。店のスタッフも駆け寄ってきた。周りの客たちも立ち上がっている。

「どうしたんですか!?」

「いや、なんか急にこれをひっくりかえしちゃって」

スタッフの声に男性が答えているのを聞いて鞠子は驚いた。

(今の見てなかったの？)

まるで生き物のようにトレイが跳ね上がったのだ。

(見てたの、あたしだけ？)

「鞠子！」

心春が鞠子のひじを引く。

「さっきのおばさんじゃん、いい気味」

いい気味……？

ほんとにそう？

鞠子の脳裏に今朝からのことがよみがえった。ぶつかりおやじが階段から落ちたこと、告白を断った男子が窓ガラスに当たったこと、そして今……。

偶然にしても多くない？

「コハちゃん……あたし、帰る」

「え？　どゆこと？」

「ごめん、気持ち悪くなっちゃった。帰る。これ食べて」

鞠子はトレイを心春に押しつけた。

「鞠子？」

ファーストフード店を出て、鞠子は駅を目指して走った。一刻も早く家に戻りたい。

「なんか変……」

胸をぎゅっと摑まれたような不安があった。

四度目の事故を目撃したのは次の日だった。学校からの帰り道、駅前で遭遇した。

駅前は放置自転車と店の看板などで道が狭い。夕方なので人通りも多かった。まっすぐ駅に向かうのにも苦労する。

鞠子は小刻みに人を避けながら歩いた。

「だから邪魔だっつってんだよ！」

急に前方から怒鳴り声が聞こえた。見るとスーツ姿の男がベビーカーと一緒にいる若い女性、おそらく赤ちゃんの母親の前に立ちはだかっている。

「人にぶつかっておいてすみませんだけかよ！　だいたい、そんな馬鹿でかいベビーカーがいるのかよ！」

母親はベビーカーのほかに大きなエコバッグを持ち、リュックも背負っていた。

「すみません、ごめんなさい」

母親は相手の目を見ず頭を下げている。ベビーカーの中の子供が怯《おび》えて泣いていた。

「こんな狭いところにベビーカー押してくるだけでも非常識だろうが。俺のスーツがひっかかって、転びそうになったんだぞ」

なにを言ってるんだろう、あの人は。

母親の後ろで鞠子は腹をたてた。自分の方が身軽なんだから避ければいいじゃない。お母さんの方が大変なんだから。

男性が睨んでいる鞠子に気づき、怖い顔をしてみせた。あ、絡まれる、と一瞬怯えたとき、急に男がよろめいた。そしてそのまま つんのめるように車道に飛び出していったのだ。

「きゃあっ！」

悲鳴はベビーカーを押していた母親があげた。男の体は走ってきた車に弾《はじ》き飛ばされた。思いがけないほど高く、スーツのからだが飛び上がってゆく……。なんだかやたらゆっくりに見えて現実感がなかった。

男性は鞠子のすぐそばに落ちてきた。

アスファルトに背中から叩きつけられた男性は、片腕が伸び、片腕は体の下で、ビクビクと痙攣《けいれん》していた。足が変な方向に曲がってて人間の足ってあそこまで曲がるんだ、とぼんやり思った。

ぎゃあっと赤ん坊の泣き声が聞こえ、振り向くと母親がベビーカーにすがってしゃがみこんでいた。

無理もない。目の前で怒鳴っていた男性がいきなり車道に飛び出して車にはねられたのだから。

「誰か救急車！」

「電話しろ、電話！」

「写真とってんじゃねえ！」

いろんな声が鞠子の頭の上をすぎてゆく。

「急に飛び出してきたのよ！」

悲鳴のような声をあげているのは車を運転していた女性だ。運転席から半分身を乗り出し、ドアを開けると転がるように車道にでてきた。

「見てたでしょう！　ねえ、ねえ！」

誰かれなしに叫んでいる。その女性と目があった。女性は手足で這って、突っ立っている鞠子のそばに来た。

「ねえっ、見てたでしょう！　この人が飛び出してきたのよね！」

そうだ、見ていた。あの男性が急に車道に飛び出すのを。まるでなにかに……誰かに突き飛ばされでもしたように、手を大きく振って足をもつれさせて。

「ねえ！　証言してよ、あたしは悪くない、あんなふうに急に飛び出されたら誰だって……っ」

女性が鞠子の腕をつかむ。

「は、はなしてください……！」

「証言してよお、ねえ！」

女性は鞠子を揺すった。血走った目に恐怖を感じる。

不意に女性があごをのけぞらせ、地面に仰向《あおむ》けに倒れた。頭を打った鈍い音が響く。

びくんびくんと手足が痙攣《けいれん》していた。

「あああああ」

女性は濁った声を上げた。

「あ、あの」

「痙攣だ、触らないで」

近寄ろうとした鞠子を誰かが制す。鞠子はあとずさった。

開きっぱなしの女性の目が鞠子を見ていた。耐えられなくて鞠子はその場から逃げ出した。

どうして、どうして。

これで四度目だ、事故を目撃するのは。

たった二日で四度も。

なんでこんな。

道路から離れて商店街のアーケードの中に飛び込む。アーケードの中は薄暗く、ひんやりしていた。

鞠子は七夕飾りがさがっている柱に手を置くと、息を整えた。

はあはあはあはあ……。

はあはあはあ……はっはっはっは……。

はっはっ……はあ――……。

大きく息を吐き、吸い込もうとしたとき。

はあ――………。

すぐうしろで誰かが息をついた。

鞠子は驚いて振り返ったが、そこには誰もいない。

だが、影があった。

アーケードの弱々しい照明に照らされた鞠子の影。その影は両手を広げていた。着物でも着ているかのようにたもとのある姿。ざんばらに伸びた長い髪。

（なに……）

影の姿はすぐに消え、そこには細い自分の影があるだけだ。

（見間違い……）

きっとそうだ。事故を目撃したのだって偶然だ、間が悪かったのだ。

四回も、いや、さっきの倒れた女性をいれれば五回。それだけ見たのに……？

心の中の声に耳をふさぎ、鞠子はアーケードの中を走りだした。


おかしい、どう考えても事故が多すぎる。そりゃあ毎日どこかで事故は起こっているだろうけど、それを一人の人間が目撃する回数としては異常ではないか？

「そんなことを考えていたの？」

鞠子の不安に母の初恵があきれた声で答えた。

「偶然だよ、偶然。昨日は事故を見てないんだろ？」

父もハンドルを握りながら笑う。バックミラーごしに優しい目がこちらを見ていた。

土曜日、祖母の家に両親と三人で出かけた帰りだった。

「そうだけど……うん、昨日は見なかったよ。でも一昨日もあったの。自転車で歩道を塞いでいる子たちがいて、邪魔だなあって思ってたら急にみんな倒れてしまって」

「それこそ偶然だよ、その子たちふざけてたんだろ？」

「うん……」

お揃《そろ》いのジャージを着た中学生くらいの男の子たちは、確かに互いに大声でしゃべりあっていた。人が道を歩いているのにのろのろと自転車で幅を取って。

「いつもあたしが見ている前で、ってのがいやなんだよ」

「あんまり気にするな。と言ってもおまえくらいの年だと自分が世界の中心のように思えることもあるだろうけどな」

「あたし、そんなにジコチューじゃないよー」

乗っている車の右側を白いスポーツカータイプの車が追い抜いた。流線形で屋根がなく車体も低い。

「わあ、かっこいい」

鞠子がそう言ったとき、助手席に乗っていた男が車からなにかを投げた。

「えっ」

ぱあんとフロントガラスに当たったのは空のペットボトルだった。

「あぶ……っ！」

一瞬だったが車内の三人ともが目をつぶってしまった。だが父は車を止めずにそのまま走り続けた。

「あっぶないなあ！」

フロントガラスに茶色い液体が散っている。少し中身が残っていたようだ。

「なんてことするの！」

初恵が叫び、後部座席から夫の肩を掴んだ。

「車のナンバー見た!?」

「い、いや」

「あの車よ、追いかけて」

初恵は前を走っている白いスポーツカーを指さす。

「どうするんだ」

「ナンバーを見て通報するに決まってるでしょ、事故でも起きたらどうする気だったのよ、信じられない！」

普段穏やかな母が激怒していた。

「よし」

父は車のスピードをあげた。

「ほんと、いったいなんなの？　どういう人が運転してるの⁉」

母が本気で怒っている。その横顔をみていて鞠子も腹が立ってきた。ショックと驚きが先にきていて怒りを忘れていたのだ。

「マジ、信じられない。あったまおかしいんじゃないの？　ねえ？」

「ほんとよ、モラルってものがないのよ」

「事故っちゃえばいいのに――」

と、鞠子が口にした瞬間だった。スポーツカーがいきなりなにかに撥《は》ね飛ばされたように横滑りし、ガードレールにぶつかった。ドオンッとからだ中に響く、ひどい音がした。

「きゃあっ！」

母と鞠子は思わずからだを寄せ合った。父が急ブレーキを踏んで車を止める。

スポーツカーは黒い煙をあげて横倒しになっている。フロントが潰れ、腕が一本、ガクリと垂れているのが見えた。

「初恵、救急車、け、警察！」

父がハンドルにしがみついて叫ぶ。母はあわててバッグの中からスマホを取り出した。

（むっつめの……事故）

鞠子は前部座席の背に両手をかけ、黒煙をあげる事故車を見つめていた。

「ほらっ！　偶然じゃないよ！　やっぱりおかしいよ、なんであたしの目の前でばっかり……！」

（違う……！）

鞠子は口を押さえた。偶然自分の目の前で起こっているんじゃない、あたしが事故ればいいのにと思ったからだ。

今も、おとといの自転車も、その前の交通事故も割り込みのおばさんも窓も階段から落ちた人も全部。

「あたしが……っ!?」

叫んだ鞠子の耳に「ふううう――」と低い声を伴った吐息がかけられた。

「ひいっ！」

鞠子は耳を押さえて頭を下げる。その目の先に――開いた両膝の間にぎょろりと動く目があった。

「きゃあっ！」

鞠子はのけぞり、母親にからだをぶつけ、しがみついた。

「ま、鞠子？」

「いやあっ、なんかいる！　なんかいるよおお！」

「えっ？　えっ!?」

母がスマホを持ったまま座席の下を見る。だが、彼女にはなにも見つけられなかった。

「鞠子、離して。電話できない」

「やだっ！　いやあっ！　怖いいいいっ！」

車が何台も集まり始めた。爆発を恐れてだれも事故車に近づけない。ぶらさがった腕はぴくりとも動かず、救急車が来るまでそのままだった。

二

神谷鞠子が車の中で泣き喚《わめ》いていたときより遡《さかのぼ》ること一週間前のことだ。

「おはようございます、炎真さん」

炎真と篁はジゾー・ビルヂングの一階に入っているホットサンド屋「サンシャイン」で朝食をとっているところだった。

大家の地蔵がドアを開けてにこやかに挨拶し、隣のスツールに腰をおろす。

「クリームチーズといぶりがっこのホットサンドをいただけますか。あと炭酸水」

地蔵はメニューも見ずにそう頼んだ。店主の若い女性は「ありがとうございます」

とすぐにパンを切り始める。

「朝っぱらからなんだ」

「お願いしたいことがござんして」

「仕事ならお断りだ。俺は休暇中なんだ」

「その休暇ですが……延びるかもしれませんよ？」

「なんだと？」

「いえ、もしかしたら早まるかも」

地蔵は表情の変わらない笑顔で続ける。

「どっちなんだ」

「根付けでござんすよ、炎真さんの身分証」

地蔵は先に出された炭酸水のグラスにストローをさした。

「死神たちにも捜させていますがいまだに見つからない。あれを現世に放っておくわけにはいきません。つまり、炎真さんのご帰還はあの根付けしだいということなんでござんすよ」

「あー、じゃあ捜さないでおこうかな」

炎真はレモンチキンとキャベツのホットサンドを口の中に押し込んで言った。

「そうしたら俺は現世でのんびり菓子を食っていられる」

「なにをおっしゃっているんですか、エンマさま！」

篁がエビとキュウリのマヨネーズサンドにかぶりつきながら怒鳴った。

「エンマさまがお戻りにならなければ地獄の裁判はストップしてしまうんですよ？」

「今だって四庁の五官がうまくまわしているんだろ？　もうちょいがんばってもらうさ」

「だめですよ！」

「まあ、根付けのことはさておき」

地蔵がさっくりと言う。

「おいておくんかい！」

「私は地獄からのお知らせを伝えただけでござんす。今日こちらへきたのは先ほども申し上げたようにお願いがあって」

地蔵はおしぼりで手を拭くと、目の前に置かれたホットサンドを両手で持った。

「炎真さんの休暇が延びたのはほんとにありがたいことなんですよ。もうじき冥途に向かう女性を一人、救ってあげておくんなさい」

炎真と篁は地蔵に連れられて区立の病院へ来ていた。ブラインドが閉められた薄暗い個室、酸素吸入器をつけられた女性の枕元には心電図の波形を表す装置が置いてあり、それが明滅していなければ死んでいるのではないだろうかと思うような白い顔だった。

地蔵が紹介する。

「彼女は大前冴子《おおまえさえこ》さんです」

「おい、それよりここは――」

炎真はいやそうに片手で顔の前を払う。

「ああ、わかりますか?」

「当たり前だ、おまえの結界がみっしり張り巡らされている」

「あいすみません。こうでもしておかないと見つかってしまいますので」

炎真は眉をひそめ、ベッドに横たわる女を見下ろした。四〇手前だろうか? おとなし気な表情だがどことなく艶を感じる。長く濃いまつ毛。唇は乾いていたが、元気な時は瑞々《みずみず》しくふっくらとして、土臭い色気を漂わせていただろう。

女は気配に気づいたのか、薄目を開け、炎真を、そして地蔵を見る。

「――社長……」

その呼びかけに炎真は地蔵を振り返った。地蔵は常に細い目をさらに細くしてうなずく。

「はい。彼女は我が地蔵不動産の社員です。もう一〇年以上働いてもらっていました」

「結界を張って守るほどの大事な社員ってわけか」

「大前さんの話を聞いてあげておくんなさい、炎真さん」

地蔵は炎真に椅子をすすめた。

「あなたの休暇が延びたのは、まさに彼女のためなのではないかと私は思っておりますよ」

大前冴子は骨の浮き出た手で、口元の酸素吸入器を自ら外した。

「……お願いします……」

案外とはっきりした声で冴子は言った。

「私の娘を助けてください」

私は北日本のある村の生まれです、と冴子は話し出した。

周りは一面の田んぼで農業をやっていない家はないというようなところでした。そんな中で私の家は農家ではありませんでした。

うちは祈禱師《きとうし》の家系でした。

母も祖母もそうでした。いつからそんなことをやっていたのかはわかりません。どこか遠いところからこの村に流れ着いたということです。

私には父も祖父もいませんでした。

よそ者の祈禱師など嫁にしたがる家はないけれど、女として見る男はいたということでしょう。私の上に兄がいたそうですが、赤ん坊のときにどこかよそへやられたと聞いています。

祈禱師は女しかできないからです。

祈禱師の仕事は失せ者さがしや天気占い、気鬱の人へのまじないなど、村の人にはそんなものでした。でも時折車に乗って遠いところから人が頼みにきました。そのときはたくさんお金をいただけました。

私は村の小学校へ通いましたが友達はできませんでした。村の親が自分の子供たちに私と遊ぶなと言ったからです。でも担任の若い先生は村の人ではなかったので、私も公平に扱ってもらえました。

中学は村の外の学校で、そこでは私のことを知っている人も少なかったので友達もできました。

そのため私は村の外の世界に憧れました。

家は貧しかったので、もともと高校へは行けないと思っていましたが、中学を卒業したら村を出て働くつもりでした。

けれど、祖母や母は私に祈禱師の仕事を継がせようとしていました。

一〇歳の頃から修行と称して意味の分からない祝詞《のりと》のようなものを暗記させられ、水垢離《みずごり》や座禅をさせられていました。

祈禱師の一番の条件は心を平安に保つこと、感情に動かされないことと言われました。確かに祖母も母も常に穏やか……というよりは感情がないような感じでした。笑うことも怒ることもほとんどなかったように思います。

私は……いやでした。

この閉鎖的な村で心を殺して生きることなどできないと思いました。

母と祖母に訴えると、二人は私を納屋に閉じ込めました。

そして大前家の祈禱師としての秘密を教えました。

〝大前の女たちは祟《たた》り鬼を飼っている〟

祈禱師《わたしたち》の一番重要な――金になる仕事は――鬼を使って人を殺すことだったのです。

時折やってくる車の人たちは、そんな依頼を持ってきていたのです。

祟り鬼は大前の女に憑く。逃げることはできない。

私は祖母が呼び出したその鬼の姿を視ました。

恐ろしくて失神しました。

その日から私は村から出たいとは言わなくなりました。修行も熱心に行いました。

祖母や母は安心したかもしれません。

けれどそれは私の計画でした。

私は中学の卒業式を終えたその足で、バスに乗って町へ行きました。駅に行って電車に乗り、まったく知らない土地へ行きました。

人を殺したくなかったのです。

鬼を飼って祈禱師などしたくなかったのです。

見知らぬ土地でもなんとか生きていけました。女を売ればなんとでもなるものです。

私は職と男と家を替えて生きてきました。

一八で子供を産みました。娘でした。

この子とは笑って泣いて、いろんなものに感動して生きようと思いました。

大事な娘……。

　大前冴子は急に咳《せ》き込んだ。地蔵が酸素吸入器を口に当て、その手を握る。

「しっかり、冴子さん」

「社長……」

　冴子はしばらく目を閉じ、吸入器の酸素を吸っていた。やがて落ち着いたのかかすかに顔を揺らす。地蔵は透明なマスクを冴子の口元から外してやった。

　冴子は一度舌で乾いた唇を湿らせ、また話し始めた。


　私は娘と二人で男のアパートに住んでいました。娘の父親ではありません。キャバレーで働いていた時のボーイでしたが、このころには仕事をやめて私の稼ぎを当てにしていました。

　ある夜、母が夢に現れました。それで私は母が死んだことを知りました。

　母は言いました。

「祟り鬼がおまえを捜している。逃げられないよ。あれは大前の女に憑くんだ」

　しばらくして一緒にいた男が死にました。男は私に暴力を振るっていたので、死んでしまっても別に悲しくはありませんでした。ただ驚きました。

　葬式を出すお金も義理もなく、私は男を放ったまま、娘を連れてアパートから逃げ出しました。

けれど、次に職に就いたパン工場の上司が死んだのには困りました。

上司は私に一方的な好意を寄せ、あからさまなえこひいきをしていたので、迷惑だったのですが、死ねばいいと思ったわけではありません。

しばらくして同僚たちが、上司の死は私がやったのではないかと言い出しました。上司が私に好意を寄せていたのを知っていたからです。すると工場で爆発事故が起き、同僚たちが怪我をしました。私も職を失いました。

刑事が事故の件でやってくると、その刑事たちも怪我をしました。おかしいと思いました。はっきりとわかったのは次に住んだアパートの大家が死んだときです。

その大家の女性はいつも私に文句を言っていました。たぶん、男をとっかえひっかえしている私が気に入らなかったのでしょう。ゴミ捨て場で私を待ち構え、私の出すゴミを分別していないとしつこく怒りました。

私は腹を立てました。

すると大家の頭が目の前で消えてしまいました。

私は血を噴きだす大家の首を見ていました。

その血しぶきの中に——家の納屋で見たあの鬼の姿を視ました。

「鬼か」

炎真は舌打ちして腕を組んだ。

「鬼は炎真さんの専門でござんしょう？」

「しかし地獄にいるような獄卒じゃなさそうだな。現世ではぐれた隠《オニ》なのか？」

「話を聞くと式神っぽい感じでもありますね」

篁が口を出した。

「平安の頃、陰陽師たちが動物の骨や死人の髪を使って式神を作っているのをみたことがあります。式神は術師たちの命を受け動きます。術師が解放しない限り、その術に縛られます」

元平安貴族である篁は、陰陽の術のこともよく知っている。

「以前吉祥寺でみた狗神《いぬがみ》のようなものだな」

「はい、あれはかわいそうな子でした」

篁は思い出したのか目を潤ませる。

「今はもう地獄にいるんでしょうか？　地獄に戻ったら絶対僕が飼ってかわいがってあげるつもりです。名前ももう決めているんですよ。黒王丸《こくおうまる》ってどうですか、かっこよくないですか?」

「しかし、」

地蔵は軽く篁を無視して話を続ける。

「冴子さんの言う祟り鬼は術師が死ぬとその娘が受け継ぐんですよ。式神とは少し違う気もします」

「自然霊か、もしかしたら妖怪の類かもしれないな。契約を交わしているものだとやっかいだな。契約にのっとった解除ができればいいんだが、できなきゃ」

炎真はぐっと拳を握った。

「物理だな」

「腕ずくの方がお得意でござんしょう」

地蔵の言葉に炎真がにやりとする。

「拳で語り合うと言ってくれ」

地蔵はこちらを見ている冴子の方に目をやった。

「すみません、話の腰を折って。続けてください」

冴子は目を伏せ、再び口を開いた。

……私の周りで人が死んだり怪我をするのは、祟り鬼の仕業だったのです。

母が死に、大前の女に憑く鬼は、遠く離れた地にいる私を捜し出したのです。

私がちょっとでも悪意を持ったり腹を立てたりすると、鬼がその相手を害してしまう。

母や祖母が心を動かさないようにしていたのはそのためでした。必要なときにだけ鬼を使って人を殺すために。

祈禱師の修行の途中で逃げ出した私には、鬼を抑えることなどできません。人は悪意を持たずに生きることなどできるでしょうか？　けっして怒らず不快にならず、不安も心配もしないなんてできるでしょうか？

私には無理です。

他人も、そして一番大事な娘も傷つけたくはありません。

どんなことがきっかけで娘に悪意を向けるかわからないのです。私はそのことを、一番恐れました。

私は娘を手放すことにしました。

そして娘から遠く離れた場所で、死のうと思ったのです。

大前の女と鬼の運命はここで断ち切ろうと……。

修行をしていませんでしたが、鬼を滅する方法だけは母に聞いていました。もしかしたら母もそのことを考えていたのかもしれません。

鬼を消す方法は祈禱師が自分自身を呪うことです。鬼は祈禱師を攻撃し、この場合だけ、祈禱師が死ねば、鬼は娘を追わずに消えます。私はできるだけ大都会でそれをしようと考えました。都会なら女が一人死んでも、変死で片づけてくれるでしょう。

私は娘を連れて新宿に来ました。娘は二歳になっていました。新宿の人通りの多いところに娘を置き去りにし、その場所から離れました。そして私は自分自身を憎みました。鬼がやってくるまで。

「そんな……。なんてことを。他に道はなかったんですか」

篁が身を乗り出す。冴子は弱々しく首を振った。

「そこを私が助けました」

地蔵が言った。

「ひどく禍々《まがまが》しい気配を感じて駆けつけると、まさに鬼が冴子さんを襲うところでした。私はとっさに結界を張って冴子さんを隠しました」

「鬼の姿を視たのか？」

勢い込んで聞く炎真に地蔵は首を振る。

「私が視たのはただの黒い渦のようなものでござんす」

「そりゃあますます地獄の鬼とは違うな」

地蔵は、目を閉じてしまった冴子に気づかわし気な視線を向けた。

「それから一〇余年。冴子さんを私の結界の中で守ってきました。地蔵不動産の社員として、会社と自宅と新宿のごく狭い場所ですが、その中では祟り鬼は冴子さんを見つけることはできませんのでね」

「ありがたいことでした。今まで生きてきて、社長と一緒の年月が一番心穏やかだったんです」

冴子は地蔵に感謝に満ちた視線を向けた。それに地蔵が応えてうなずく。

「冴子さんのおかげで助かっていましたよ」

「社長……」

冴子の目じりに涙が光る。

「でも、私はもう長くない……そして私が死ねば……祟り鬼は私の娘を捜し始めるでしょう」

すうっと涙がこめかみに流れ落ちた。

「そうなのか？」

炎真が地蔵に顔をむけると、地蔵は端整な眉をひそめて小さくうなずいた。

「ええ。鬼は冴子さんが見えないだけでその存在は感じ取っています。だから常に結界の周辺にいる。けれど冴子さんが亡くなれば、鬼は新しい依《よ》り代を見つけに行くようなのです。――冴子さんの娘さんのもとへ」

冴子は痩せて薄くなった手を震わせながら炎真に伸ばした。

「お願いです、娘を守ってください。祟り鬼から娘を……それから……鬼を……」

冴子は再び激しく咳き込んだ。アラームが激しく鳴り響く。

「炎真さん、頼みます。炎真さんの休暇が延び、冴子さんが命を落とそうとしている。このタイミングはまさしく天の采配でござんしょう」

地蔵も常にはないほどの必死さで炎真に頼み込んだ。

「……」

炎真は軽くため息をつくと、癖の強い前髪の中に指をつっこみかきあげた。

「ヒロタのシュークリーム六個パックで勘弁してやる」

その言葉に地蔵がぱっと目を輝かせた。

「ありがとうございます、炎真さん」

そして大前冴子に顔を近づけると、汗で頬に張り付いた髪をそっとよけてやる。

「安心してください。なにもかも、片がつきます。炎真さんかすべて引き受けてくださいましたよ」

冴子は長い睫毛《まつげ》を上げて炎真を見上げた。その目はなにも疑っていなかった。全てをまかせた瞳だった。

「まりこ……」

そう呟くと、冴子はほーう……、と長い息を吐いた。魂が抜け出るような息だった。

そのまま冴子は目を閉じ、そして二度と目覚めなかった。

三

スポーツカーの事故を目撃した日の夕食の時間。

母親はことさら明るく振る舞った。

「今日は鞠子の好きなショウガ焼きよ。キャベツを切るの手伝って」

「はーい、ショウガ焼き大好き！」

鞠子は笑みを作ったが心からのものではない。両親が自分に気を遣っていることがわかっているからだ。

（事故のことは考えないようにしよう）

鞠子は何度も自分に言い聞かせた。

(今日の交通事故もこないだの自転車のことも、はねられた男の人のことも……全部全部偶然、あたしのせいじゃない……)

なぜ、自分のせいのように思ってしまうのか。自分はなにもしていない。たまたま腹をたてた相手が事故に遭っただけだ。

偶然なのだ、偶然。

スコン、と包丁がまな板に当たって音を立てる。キャベツを切るのは好きだ。大きなものを細かくしてゆく作業は好きだ。

「ねえ、ママ」

鞠子はキャベツを切りながら言った。

「もし……もし、嫌いな人が死んじゃったら……ママならどう思う?」

「嫌いな人?」

「うん……ぜんぜん知らない人で……でもなにか悪いことをした人」

「知らない人を嫌いにはなれないでしょう?」

初恵はおかしそうに言った。

「でもさ、世の中には悪い人がいっぱいいるじゃない。そういう人が目の前で悪いことをしたら腹立つでしょ? それでその人が死んじゃったり怪我をしたりしたら……

いい気味だって思う？」

鞠子はファーストフード店でひっくり返った女性のことを思い出していた。そのことを友人は「いい気味」だと言ったのだ。

「思うかどうかわからないけど、できればそんなこと思いたくないわねえ。だってその人にだって家族はいるでしょう？　その人が悪くても家族は悪くないわ。家族が悲しい目に遭うのはいやよ」

母は腕を伸ばして娘の肩をぎゅっとつかんだ。

「どんな人でも家族にとっては大事な人なのよ」


山盛りのキャベツと何枚も重なったショウガ焼きをテーブルの真ん中において、

「いただきまーす」と鞠子は声を上げた。母は父にビールをつぎ、父はテレビのリモコンでスイッチをいれる。

画面にはグルメを巡るバラエティ番組が映し出された。

『絶品！　新宿グルメ』と題されたそれは、新宿のあちこちの小さな店に突撃レポートをする番組で、画面の中にはたくさんの建物が映っている。

（ああ、こっちの方にはいかなかったなあ）

鞠子は肉を口にほおばり画面を見ていた。その中に、赤い電飾の看板が映った。歌舞伎町一番街と書いてある看板だ。電飾が上下にアーチを描くようにとりつけられている。

「あれ……」

鞠子はキャベツの上で箸を止めた。

「あれ、知ってる」

鞠子は母親に顔を向けた。

「ねえ、あたし、あそこ行ったことあるよね。迷子になったのあそこだったよね？あのとき一緒にいたの、ママ……」

「消して！」

母が怒鳴り、父は慌ててリモコンの電源をオフにした。

「なんで……」

もう一度観《み》たかったのに、と母親に抗議の視線を向けた鞠子は、しかしなにも言えなかった。初恵がきつく唇を結び、目を見開き、ぶるぶると震えていたからだ。

「ママ……？　どうしたの？」

「……なんでも、ないのよ」

歯の間から息を押し出すようにして、母親はゆっくりと言った。

鞠子はその夜夢を見た。

夢だとわかっていたのは自分があの街にいたからだ。今日テレビで観たあの賑やかな街。

「新宿だ」

大勢の人が歩いている。鞠子は周りを見回した。たくさんの建物、看板。

視線が低いのは体が小さいからだ。鞠子は子供になっていた。

子供だったから――。

頭の上の看板を見上げる。赤いランプに上下を囲まれた大きな看板。

あの頃は外国の文字だと思っていた。線や四角がいっぱいある魔法の呪文のような不思議な文字。だが、成長した今なら読める。これは、

「歌舞伎町一番街」。

この看板の下で待っててと言われた。あれは誰だったろう。女の人だった。おかあさんだろうか？　きっとそうだ。おかあさんだ。

おかあさんは暗いところにいた。なにもない、暗い場所だ。でもおかあさんの姿ははっきりと見える。おかあさんが白く発光しているから。

「おかあさん」

子供のわたしが呼びかけた。

「おかあさん」

子供のわたしはあの人がおかあさんだと知っている。でも今の私にはわかる。あの人はおかあさんじゃない。

知らない人。でも知ってる人。

「まりこ」

その人は私の名を呼んだ。そうだ、この人、前にやっぱり夢に出てきた。

「ごめんね、まりこ。もう見つかったんだね、つかまったんだね」

黒くて長くてサラサラの髪。わたしは――私はあの髪に触れたことがある。ひっぱると「いたいいたい」って笑って指を外された。

「アレがきちゃったんだね」

それで私にはわかった。私の周りで起こっている事故が全部アレのせいだって。

「でも大丈夫。守ってくれる人がいるからね」

おかあさんは――知らない女の人は、私に向かって安心させるような笑顔を見せた。

わたしのだいすきなえがお。

「幸せにね、まりこ」

その人が、おかあさんがどんどん小さくなってゆく。どこか遠いところへいってしまう。

待って、まって！　ここでまってるから。言うことときくから。かえってきて、かえってきてよ、いっちゃやだ、いっちゃやだよぉ、おかあさん、おかあさんおかあ――

「おかあさん……っ！」


鞠子は両親の眠る寝室のドアをあけた。常夜灯の小さな明かりの下、シングルのふたつのベッドをくっつけて、父と母が仲良く眠っている。

母のベッドのそばに立ち、その顔を見下ろした。丸い顔、ふわふわの髪。あの人とは違う。

声をかけもしなかったのに、母が目をさました。

「……鞠子？」

初恵は呻《うめ》くように名を呼んだ。手を伸ばしてきたのは自分が泣いていたからだろう。

「どうしたの？　怖い夢を見た？」

「……ママ」

鞠子はぼろぼろと涙を落としながら言った。

「あたしのおかあさんは――どこ？」

初恵は目を大きく開き、それからゆっくりと起きあがった。

「……パパ寝てるから、キッチンにいきましょう」

初恵はキッチンでコップに水をいれるとそれを一息に飲んだ。

「顔を拭いて」

タオルを渡され涙を拭く。

「お水も飲みなさい」

コップを受け取りおとなしく飲んだ。

母はキッチンの椅子に座り、鞠子にも座るように言った。

「鞠子、聞いて」

まっすぐに娘を見ながら母は口を開いた。

「最初に覚えていて。私たちは――私もパパもおまえのことが大好き、とても大切に思ってるってこと」

鞠子はうなずいた。

「あたしママとパパが大好き……」

初恵はそれを聞いて大きく息をついた。

「今日、テレビを見て思い出しちゃったのね」

「新宿の……」

「そう」

初恵は今は映っていないテレビ画面をちらっと見た。

「私たちもよく知らないのだけど、あなたは新宿で迷子になって……保護されたって聞いているの。あの歌舞伎町一番街ってところで」

「迷子……」

「それから施設に一年いたのよ。覚えてる？」

鞠子は首を横に振った。

「私たちは──私とパパは、ずっと子供がほしかった。でも授からなくて……そんなとき、ご縁があってあなたを紹介されたの。私もパパもあなたを一目見て、うちの子だ！　って思ったの」

「……」

「長い間迷子になってた子供が見つかった、そんな気がしたの」

初恵はテーブルの上で手を伸ばした。鞠子はその手に自分の手を重ねた。

「だから……鞠子は、うちの子なの……！」

初恵は片手で目を押さえ、うつむいて嗚咽《おえつ》をこぼす。

「ごめんなさい、できるならこのことは教えたくないと思ってた、でもそれはきっといけないことだったのね。だから今鞠子をこんなに泣かせて……」

「ママ……！」

「鞠子、鞠子はうちの子……ママの子……っ」

「ママ！　ママ！」

鞠子は椅子を蹴って母のもとに駆け寄った。その体に抱きついた。

「鞠子はママの子だよ！　神谷の家の子だよ！」

「鞠子……」

娘を抱き返そうとした初恵はそこで気づいて顔を上げた。

「パパ……そんなところで泣いてないで」

鞠子が振り向くと、父親がキッチンの入り口で顔を押さえて無言で肩を震わせていた。

「パパ……」

父親が洟をすすりながら近づき、妻と娘の体を抱いた。

「ママ……パパ……」

二人の優しい温《ぬく》もりに、鞠子はこの人たちに見つけてもらえてよかったと、心から思った。

鞠子は今自分が不安に思っていること、そして夢の中の母親との会話をすべて両親に話した。

二人はバカにこそしなかったが、やはり事故が続くのは偶然だし、夢はその不安のために見たものではないかと言った。

夢の中の母が言った「アレ」にも両親は心当たりがなかった。

「でも守ってくれる人がいる、というのは心強いわね」

初恵が鞠子の手の甲を軽く叩いて言った。

「ママ、そこは信じたいわ」

「でも誰なのかわからないんだよ？」

「もしかしたら、鞠子の未来の旦那さまかしら」

母がそう言うと父が顔色を変える。

「ま、鞠子、もしかして好きな男とかいるのか？」

「ちょっと、なに慌ててんのよ、パパ」

最後は笑い話になってしまった。

「じゃあ、あたし、もう寝るね」

鞠子は両親におやすみを言った。眠れるかどうかわからなかったが。

「大丈夫？　ママと一緒に寝る？」

心配気な母親に鞠子は苦笑する。

「そんな子供じゃないよ」

「明日起きられなかったら学校休んでいいからね」

「ママはカホゴ過ぎ。それに明日は日曜で学校ないよ」

鞠子は一人で階段を上った。本当は少し不満があった。

事故が続くことと「アレが来た」ということが鞠子には同じことだとしか思えない。理由はないがそう思える。母と別れることになったのもそれが原因ではないかとも思える。

では「守る人」というのも本当にいるのかもしれない。それだけが希望だ。

自室に入り電気をつける。机の上にスマホが出しっぱなしになっていた。とりあげるとフィギュアの白露さんがゆらゆらと揺れる。

「守ってくれる人……白露さんみたいな人だったらいいなぁ」

そのとき、背中が急に冷たくなった。両腕に鳥肌が立つ。

鞠子はスマホを握りしめ、こわごわと背後を振り向いた。

（えっ）

部屋は照明で明るいはずなのに、隅の方が真っ暗だった。黒い影は見ているうちにするすると細くなり、人の姿のようになる。

流れる長い髪と、着物のような衣服。しかし顔は影のままでわからない。でもこのスタイルは――。

「は、白露さん……」

鞠子が呟くとその姿は一瞬で消えた。部屋の中はどこもかしこも明るい。影のひとつもない。

（今のはなに？）

「アレ」なのだろうか？　それとも「守る人」なのだろうか？

鞠子にはどちらとも判断がつかなかった。

四

翌朝、鞠子は遅くまで寝てしまい、起きたら朝食ではなく昼食が用意されていた。

父は出社し、母と二人で穏やかな昼食を食べた。

「鞠子、買い物につきあって」

初恵に言われて外へ出た。昨日と同じ母、昨日と同じ玄関、昨日と同じ家の前の道。私が両親の本当の子供でなくても、世界は変わらない。

「なにを買うの？」

「鞠子の浴衣でも買おうかなって。ついでにママのも。今年の夏は一緒に浴衣で花火でも見よう」

「マジ？　いいねー」

他愛ないおしゃべり。この人が本当の母親じゃないと聞いても実感が湧かない。私はママが大好きだ。

「どこにいくの？　駅前？」

「池袋に行こうかなって思ってるの。デパートのポイントがけっこうたまっているからちょっといいのをね」

話しながら駅へと向かうと、後ろからチリリンと自転車のベルを鳴らされた。よけた直後、自転車の男が母親の肩から下げたバッグを引っ張った。

「あっ！」

初恵が叫んで転がる。男はバッグを戦利品のように掲げて走り去った。

「ママッ！」

鞠子は去ってゆく男の自転車をにらみつけた。

「なにすんのよ！　どろ――」

ぼう、という言葉は口の中で消えた。自転車に乗っていた男のからだが横に飛んだからだ。まるで強い風に吹き飛ばされでもしたように。

自転車が倒れるガチャン、という音に我に返った。

「ママ、大丈夫!?」

起きあがった母親に声をかけたあと、鞠子は駆けだした。バッグを取り戻さないと！

道路に転がった男は両手を使って起きあがろうとしていた。顔に血が流れているのが見えた。それにもかまわず落ちたバッグに手を伸ばす。

「返せ！　ママのバッグ！」

鞠子が叫んだとき、男の伸ばした腕が消えた。鞠子も男もなにが起こったのかわからなかった。

一瞬、遅れて男の腕から血が吹き出す。

「わあああっ！」

「きゃあああっ！」

男と鞠子は同時に叫んだ。男は腕を押さえて転げ回る。足がすくんで動けなくなった鞠子は男の背後に黒い影をみた。それは人の姿をして長い髪で白拍子の衣装で。

「白露、さん⁉」

「……よき、かな」

そう呟いて、黒い影の白露はすっと消えた。鞠子は地面に落ちている母親のバッグを拾い上げた。

「鞠子！　大丈夫⁉」

初恵が駆けつけてきた。腕を失いのたうちまわる男を見て声を失くしている。

「警察──救急車」

母親に揺さぶられ、鞠子はようやく電話をかけることを思いついた。

警察の事情聴取は思ったより短かった。男がひったくりの前科持ちだったせいもあるし、自転車で転倒、という事象もあったせいだ。だが、

「腕が見つからないんですよねぇ」

担当の刑事がそう言って、鞠子の背筋を震わせた。

「ねえ、鞠子」

警察から出て、初恵が青ざめた顔で言った。

「ママ、鞠子の言ったこと信じるわ。ママ見たのよ。あの人の腕がいきなりなくなるところを。まるでなにかに食べられたみたいに」

「ママ……」

「あなたのおかあさんが言ってたアレって……」

「おい」

不意に背後から声をかけられた。振り向くと、男が二人、立っている。

二人とも若い。一人は上下とも真っ黒なカットソーにデニム。もう一人は襟のあいたシャツにぶかっとしたカーゴパンツで前髪をカチューシャで持ち上げていた。

「おまえ、〝まりこ〟だな?」

黒い服の青年が言った。

「な、なんです、あんたたちは!」

初恵が鞠子をかばうように前へ出た。

「あ、あ、すみません、怪しいものではありません。僕は篁と言います。すみません急に。失礼でしたよね」

カチューシャの青年、篁がぺこぺこしながら謝った。

「あのですね、僕たちまりこさんに確認したいことがあって」

人好きのする顔で話しかけてくる青年に、鞠子は初恵の背中から「なんですか」と言った。

「おまえ、最近身の回りでおかしなことはなかったか」

黒い青年が篁という青年を押し退《の》けて言う。

「やたら事故や死人がでるってことが」

鞠子はぎゅっと初恵の服を握った。

「なに言ってるんです、誰ですか、あんたたち」

「ママ、行こう」

鞠子は初恵の服を握ったまま引っ張った。

「早く帰ろう」

「そ、そうね」

初恵は鞠子の背に手を回し、かばうようにして歩き出した。青年の声が追いかけてくる。

「その調子だと心当たりがありそうだな」

鞠子は聞こえない振りをした。

「このままだともっと大事になるぞ。事故を起こしているのは自分だと、そろそろわかっているんじゃないか」

恐怖が鞠子の心臓をつかむ。棘《とげ》のある手でねじられたような痛みを感じ、思わず叫んだ。

「あっちへいって！」

そのとたん、鞠子の頭上を黒いものが通り過ぎた。はっとして振り向くと、それは黒い服の男に絡みついている。

「エンマさま！」

篁が叫んでいた。

青年の頭上に首を伸ばしたそれが、アギトを開くのが見えた。

青年の首がそれに飲み込まれ、消え去ってしまう。

首のない青年のからだが地面に倒れた。

「きゃあああ！」

鞠子と初恵は叫んで道を走りだした。だが、足下がまるでスポンジでできているかのように頼りなく足がすすまない。膝があがらない、つま先が地面を蹴らない。

家まであっという間のはずなのに、いつもの道なのに家に着かない。

「ま、鞠子……！」

「ママ、早く……っ」

鞠子は膝をつきそうな母親を抱きかかえ、必死に走った。

（どうして誰も通らないの？　誰かいないの？）

「道に結界を張ってある。誰もこない」

顔をあげると、目の前にさっき頭を失ったはずの青年が立っていた。

「きゃあっ！」

鞠子と初恵は尻餅をついた。互いに身をよせあい、すがりつく。

「さっきのは幻覚だ。おまえから祟り鬼を引き出すためのな。あいにく捕まえ損なったが、今度は逃がさねえ」

青年はバキリと指を伸ばした。

「俺は炎真。おまえの母親に頼まれてきたんだよ」

「は、母親……？」

鞠子はすぐ隣の母をみる。初恵は必死な顔で首を振った。

「ま、まさか、ほんとの……おかあさん……？」

「そうだ。話が早くて助かる。おまえの悪意や怒りがアレを呼ぶんだ」

「あれ……アレが」

夢の中で実母が言っていたアレ。

「アレはおまえの祖母や母に憑いていたものだ。母親が死に、おまえを捜してここまで来た。俺たちもおまえを捜した。なんせ手がかりが〝まりこ〟という名前だけだったんで大変だったぜ」

「お、おかあさん、死んだの……？」

そばにいた初恵が鞠子の手をぎゅっと握る。鞠子は思わず握り返していた。

「じゃあ……今までは……生きていたの？」

「そうです。ご病気で一週間ほどまえに亡くなられました」

篁が沈痛な表情で言った。

「まりこさん、あなたのおかあさんはアレが憑くことを怖《おそ》れてあなたを手放したんです」

篁の言葉に心の中がすうっと冷たくなる。

「あたし、迷子じゃなくて……捨てられたの？」

「え？　いや、それは」

「ここで待っててって言ったのはおかあさんだったのに？　わたし、言いつけを聞いて待ってたのに。捨てたの？　だから戻ってこなかったの？」

「ま、鞠子」

初恵が鞠子のからだにすがった。

「やめなさい。理由があったって、言ってるじゃないの。おかあさんはあなたにアレが……」

「だからって！　勝手に捨てるなんて！」

「やめろ、まりこ。母親を憎むな！」

炎真が叫んだ。

「母親は死んだ。死んだものを祟り鬼は殺せない。相手を見失った鬼は主自身に向かうんだ！」

鬼を滅する方法。祈禱師が鬼に殺されなければ祟り鬼は消えない。

鞠子の目の前に黒い影が集まり始めた。

「白露さん……！」

ざんばらな髪、たもとの大きな着物。感情のない、端整な顔。その右手が腰の刀にかかった。

「よきかな」

白露はうっすらと笑う。眩暈《めまい》がするほど美しい顔で。

「あれが祟り鬼!?」

篁が驚いて言う。

「人に化ける鬼はたくさんいますが、あんなに美麗な鬼はいませんでしたよ」

「名前を与えたな」

炎真が舌打ちする。

「名前を得て姿を得た。手強《てごわ》いぞ」

白露は太刀を抜くと鞠子に向かって走った。

「やめて！」

鞠子を突き飛ばし初恵が両手を広げた。

「ママ！」

白露の剣が振りかぶられたとき、その前にもうひとつの影が立ちふさがった。

「……え？」

サラリと黒髪が流れる。細くてきれいな長い髪。子供の頃しょっちゅうひっぱって怒られた。

「おかあ……」

影は白い横顔を見せた。かすかに微笑んでいる。

（まりこ）

「鞠子！」

二人の母が呼ぶ。

白露の剣は母の影を打ち抜き、もう一人の母の衣服を斬り裂いた。身にまで届かなかったのは、炎真がその長いたもとを捕まえていたからだ。

「おまえの相手は俺だ」

祟り鬼である白露は仕事の邪魔をされ、標的を炎真に替えた。たもとを振って炎真の手を振りほどき、刀をかまえる。

「鬼が地獄の王に刃向かうか」

炎真はいっそ楽しそうに言った。

白露の刀がひらめく。炎真は二度、三度とそれをかわした。

胴を狙ってきた刃をすれすれでかわし、脇でしめつける。動きが止まったところでもう片方の手で脇差しを奪った。

「来いよ」

炎真の挑発に白露が再び突進してくる。鉄の打ち合う音が辻に響いた。振りかぶってくる白露の刀を頭上で受け止め、それを弾き返すと、炎真はのけぞった白露の胸を蹴り上げた。たまらず白露が地面に倒れる。

「遊びはしまいだ、篁！」

炎真に応えて篁が放ったのは紫色に輝く瓢箪《ひょうたん》だ。

「祟り鬼、白露！」

炎真が呼ぶ。白露は起き上がり、「うう」と呻いた。そのとたん、その姿が頭からひっぱられるようにして瓢箪の中へと消えていった。

「紫金紅葫蘆《しきんこうころ》だ。返事をしたものを吸い込むんだよ」

　炎真はきゅっと瓢箪の口に栓をした。

「たくさんの女たちの血と涙で練り上げられた鬼だ。地獄でゆっくりほぐしてやる
……冴子の願いだ。鬼も救ってくれと。そうだな？」

　炎真の言葉に鞠子が顔をあげると彼のそばに薄い影が立っていた。

「約束は果たしたぞ。おまえもうろうろしてないでとっとと彼岸へ行け」

　母親が——新宿で別れた実母が鞠子を見つめていた。

「おかあさん……」

　立ち上がろうとする鞠子より先に、初恵が立った。そして冴子に深々とお辞儀をする。

「鞠子を……私たちに会わせてくれてありがとうございます」

（……）

　実母もまた頭をさげた。声はなかったが聞こえたような気がした。

　ありがとうございます、と。

「篁、地獄の門を開け」

　炎真が言い、篁が宙に手を伸ばした。そこに黒い穴が開く。

　炎真がその中に瓢箪を投げ入れた。そして冴子に手を差しのべる。

「さあ、おまえも行け」

　優しい声で言い、手のひらの上に乗った痩せた手をそっと握った。

「──おかあさん！」

鞠子が叫ぶ。だが実母はもう振り向かず、黒い穴の中へ消えた。

終

鞠子は机の前で写真を見つめていた。

大前冴子が最後まで持っていた写真だ。

いつどこで撮ったのかわからない。そこには微笑む冴子とよだれまみれの顔で笑っている赤ん坊の鞠子の顔があった。

サラサラの長い髪を、鞠子が握っている。今はもう手の中にその記憶はないけれど。

この写真は篁という人がくれた。

「大前冴子さんの遺品です」

あの人たちはいったいなんだったんだろう。地獄がどうとか言っていたけど、結局なにも教えてくれなかった。

母が夢で言ってた守ってくれる人だったのだろう。

（あたしはいろんな人に守られているな）

ママにパパにおかあさんにあの人たちに。

「鞠子ー、ごはんよー」

「はーい」

鞠子は写真を引き出しの中にしまった。教材を入れた学生鞄を持ち上げ、スマホを机の上からとる。

白露さんのストラップは取ってしまった。白露さんには罪はないが、やはり見ると思い出して怖くなる。なのに、今度映画化するそうだ。

町でポスターに遭遇しないことを祈るばかりだ。


「ねえ、ちょっと。アタシの貸した紫金紅葫蘆はどうしたのよ！」

星の形を模した眼鏡を顔の上に載せた胡洞が、七〇四号室に飛び込んできた。

「ああ、あれか。もう戻ってこないぜ」

それに炎真があっさりと答える。

「なんですってえ！」

「地獄に置いてあるんですよ。あの中の鬼が穏やかになるまで時間がかかりそうで」

篁が申し訳なさそうに言った。

「なに言ってんの！　あれがどれだけ貴重なものか……！　あの孫悟空《そんごくう》が戦った金角《きんかく》銀角《ぎんかく》の宝なのよ！」

「ああ、さすが胡洞だ。あんな伝説上のグッズを持ってるなんてな。便利で簡単すばらしい吸引力。ありがとうよ」

「天下の秘宝を家電のお買い得商品みたいに言わないで！」

吠える胡洞に冷たい目を向けて炎真がソファに寝転がった。

「今回の文句は地蔵に言えよ。俺たちは地蔵の頼みでやったんだからな」

「そんな、そんな……」

ぶるぶるとからだを震わせる胡洞をさすがに気の毒に思ったのか、炎真は起き上がってテーブルの上に置いた紙箱を取り上げる。

「これ食うか？　うまいぞ、ヒロタのシュークリーム」

「おだまりいいいいっ！」

胡洞はひきつけを起こしそうな勢いで叫んだ。そこにドアが開く。地蔵が顔を覗かせたのだ。

「あ、地蔵さま」

篁は地獄に仏とばかりにほっとした顔をして、胡洞の方を目線で示した。

「よう、地蔵。こいつ慰めてやれよ。おまえの頼みを聞いたせいで大事なものがなくなったんだと」

炎真も面倒くさそうに地蔵に言う。

「他人事《ひとごと》みたいに言いなさんな。ご自分のしたことでしょう」

「地蔵さあああん」

地蔵は胡洞に向かって頭をさげた。

「あいすみません、胡洞さん。まあ、あと八千年ほどすれば戻ってくるかと思いますが」

「アタシの寿命が尽きてしまうわようおうおう」

胡洞は大きなからだでうずくまって、メソメソと泣き真似をする。

「しょうがないですねえ。どうです、胡洞さん、芭蕉扇《ばしょうせん》と交換で手を打っちゃあもらえませんか？」

地蔵の言葉に胡洞がぱっと顔を上げた。目がレンズの下で二倍ほどの大きさになっている。

「芭蕉扇!?　羅刹女《らせつにょ》が持ってたっていうアレ？」

「そうですよ、いかがでござんす？」

「芭蕉扇なら……そうねえ」

胡洞はごくりと唾を呑《の》んだ。きょときょとと眼鏡の中の目が忙しく動き、試算を始めたらしい。

「まあ……我慢してあげるわ」

「それはありがたい」

胡洞はうっとりと両手を組み合わせて天井を仰いだ。

「天下の美女、羅刹女が持っていた芭蕉扇。火の山の炎を一あおぎで消してしまう偉大な力……」

「ではご承知いただけたということで、……お手を拝借」

地蔵が両手を広げ、それにあわせて胡洞も手を開いた。二人でパンと手を打って商談成立。

「それでいついただけるの？　芭蕉扇！」

はあはあとよだれをたらさんばかりに両手を突き出す胡洞に、地蔵は慈愛に満ちた笑みを向けた。

「はい、芭蕉扇は今、大焦熱地獄にござんすから、持ってくるには四三京六五五一兆六八〇〇億年ほどかかりますかね」

それを聞いて、胡洞はもう一度うずくまり、シクシクと今度は本気で泣き始めた。

第四話

えんま様、見鬼の目をとる

more busy 49 days
of Mr.Enma

ちょっと不思議な話をしようか。信じても信じなくてもいいんだけどね。

僕は今、二六なんだけど、生まれつき目が悪くてね。弱視ってやつなんだけど、だから物心ついたときにはもう分厚いレンズの眼鏡をかけていたんだよ。そう、こんなやつ。

レンズのせいで目が大きく見えるから、出目金なんて意地悪言われたこともあるよ。眼鏡をかけないと人の顔もぼんやりとしか見えないから、どんなにいやでも眼鏡をかけるしかなかったんだ。

それだけじゃない。眼鏡をかけないと変なものが見えるんだ。

意味がわからないよね。

つまりね、裸眼のときだけ見えるものがあるんだよ。それはたぶん、普通の人には見えないもの。

おばけとか幽霊とか。

うん、笑ってるね。信じなくてもいいんだ。ただのおとぎ話だと思っていいよ。

僕にはずっとそれが見えていたから、そういう世界が普通だった。だけど、じきにほかの人にはそれらが見えていないってことがわかったよ。

子供の頃両親は苦労したと思うよ。平気でおばけのことを言っちゃうから、この子は想像力豊かなんです、なんて言い訳してたらしい。

幼稚園の年長くらいからかな、うかつに言わないようになったのは。僕だって、眼鏡をかけたら消えてしまうものなんてまともじゃない、おかしなものだってわかるしね。

それにそいつらは僕が見えているとわかると、驚かしたりいたずらしたりするから、嫌いだったんだ。

すごくおっかないやつもいたしね。

うっかり見てしまったときには、無視して見えない振りをしていた。そういう方が安全なんだって、年齢があがるにつれわかってきたんだ。

だから僕は朝起きるときも、目をつぶって眼鏡をかけてから目をあけるんだ。

顔を洗う時に眼鏡は外すだろうって？

もちろん目を閉じて洗うさ。眼鏡をかけるまでは目を開けない。

夜、眠るときも目を閉じてから眼鏡を外して、決して起きるまで目を開けないんだ。

徹底してるだろ？　まあ処世術ってやつさ。

だけどやつらも僕が見えるのを知ると姿を見せたいのか、眼鏡を隠したり、置いていた場所からずらしたりするんだ。僕が今までいくつ眼鏡を買い替えたと思う？

これは笑い事じゃないぜ？

そんなふうに僕の世界は眼鏡をかけて見える世界と、眼鏡をかけずに見える世界のふたつがあったんだよ。

だけど小学校を卒業して、中学、高校と進むにつれ、眼鏡を外してもそいつらの姿をあまり見かけなくなった。

やっぱりこういうのは子供の時だけの能力なのかな、と僕は嬉しかった。僕は別にアニメや漫画の主人公みたいにお化けを退治する能力なんかなかったし、そんなことしたくもなかった。だってあいつら怖いんだぜ？

だから見えなくなるならその方がいいと思ったんだ。

だけど、それでもね、時折見てしまうことがある。

そう、大人になってもね。

そしてそういうやつらほど力が強くて質《たち》が悪いんだ。

目をあわせただけで三日も寝込むようなやつだっていたし、人に害をなすやつを見たこともある。でも、僕にはどうしようもできないんだ。

ある夏の日、そう、ひどく暑くて乾燥していた日のことだった。

営業で新宿に行ったんだ。西口の方。

高いビルばかりで熱いビル風が足元でぐるぐると風を起こしていた。その風が僕の眼鏡をすり抜けて埃《ほこり》をぶつけてきた。顔中ザラザラで、目の中にも砂が入った。しょうがないから眼鏡を外してウエットティッシュで目をぬぐった。

それでうっかり裸眼で見てしまったんだけど、そのとき、僕の目にある男の子が映った。すごくくっきりはっきりとね。

男の子と言っても子供じゃない。大学生くらいの、まあ僕よりみっつよっつ下くらいのね、けっこうかっこいい子だったよ。

その子もお化けかって？

いや、普通の人間だった。お化けってね、どんなにうまく人間の姿をしててもどこかおかしいんだ。腕が長すぎるとか首が長すぎるとか胴が細すぎるとか。

奇妙で違和感がある。それは確実に人じゃない、奇妙さなんだ。

だけどその子にはそんなところがなかった。ごく普通の人間の男の子で、黒いカットソーに黒いデニム、黒いスニーカー。ぼやけた景色の中で黒いくせっ毛のその子だけが鮮やかに見えた。

あんまり凝視していたせいか、その子が僕の方を見たんだよ。睨まれたって言っていいかな。だからあわててその場を離れた。

中央公園まで来て、僕はベンチに座った。さっきのことを思い出していた。

さっきの子はなんだったんだろうって。まさか眼鏡を外したらお化けじゃなくて、人が見えるようになったのかな、なんてあり得ないことも考えた。

だから僕はおそるおそる眼鏡を外してみた。

世界はぼんやりしている。

なにか動いているけれど、なにもわからない。

やっぱり人が見えるようになったわけじゃなかった。

がっかりしたその時だった。

僕の顔の前に巨大な顔が突き出された。

それはお化けだった。

灰色のぼろぼろの服を着て、ひょろひょろした手足をしていた。恐ろしいことに、手足は焼けただれたように真っ赤で、虫が皮膚の下で動いているようにうごめいていた。そして顔は大きかった。たぶん、一メートルくらいはあったんじゃないかな。目もレコード盤のように大きくて、しかもそれが縦に並んでいるんだぜ？　口なんかもうこんな……僕の頭くらいあっさり入るだろうって大きさだった。

——おまえええ、みえてるだろおおお

　そいつは僕にそう囁《ささや》いた。

　僕はからだを動かせなかった。

　今までもやつらに近寄られたことはあったけど、こんなに間近で顔を突き合わせたことはない。

　ひどく生臭い臭いがした。

　僕は必死に相手の声が聞こえない振り、見えない振りをした。

　つまり黙って前を向いていたんだ。

　その僕の前であいつは大きな目をぐるぐると回した。僕はその目を見ないように、視線と意識を外していた。

——みえてるんだろおおお

　そいつはもう一度言って、僕の胸に手を当てた。その手がずぶりと僕の胸の中に入った。

悲鳴を上げたかった。からだのなかに冷たいものが差し込まれた感覚があった。だけど僕は必死に反応しないようにしていた。

内臓を直《じか》に触られる感触ってわかるかな。

僕の心臓も肺も胃も腸も、冷たい手でぞろりぞろりと触られたんだ。

もう僕は自分が気絶してるんじゃないかと思ったね。だってそんな状態で悲鳴を上げなかったんだもの。

そんなときだった。

「なにをやってる」

だれかが声をかけてきた。そして急に冷たい手がぼくのからだから抜けていった。

視線を向けると、彼、だった。

そう、さっき見た子さ。

その彼が、でかい顔のお化けの首を片手で摑んでいたんだ。

「人間にちょっかい出すんじゃねえ」

彼はそう言うと、摑んでいたお化けの首をあっさりと折ってしまった。まるで枯れ枝でも折るようにぽっきりと！

お化けは折れた首を傾《かし》げたまま、ひいひいと悲鳴を上げた。

そのあと、彼は両手でお化けの頭を摑んでぐいぐいと縮め出した。お化けは手足をじたばたさせていたけれど、彼の手からは逃げられない。

まるで粘土細工のように、その顔はどんどん小さくなり……それに従ってからだも小さくなっていって、最後には手の中で転がせるくらいの大きさになってしまった。

彼はそれを自分のデニムのポケットにしまいこんだ。

「おまえ、ケンキなんだな」

その子が僕にそう言った。

「余計なものを見てしまう。今まで苦労してただろう」

僕はどう反応すればいいのかわからなかった。だってその子はもしかしたら新手のお化けなのかもしれないじゃないか。

「その目、見えないように取ってやろうか」

彼はそう言った。僕はそのときようやく呼吸できた。

「君は――お化けじゃないのか？　どうして僕に見えるんだ」

僕はそう言っていた。彼はお化けじゃないとようやくわかったからだ。彼の足元を見たとき、ちゃんと影があったから。

「ああ、俺は特別なんだ」

彼はそう言ってニヤリと笑った。

「どうする？」と彼は言った。

「怖いものが見えなくなるならそうして欲しい。だけど普通のものまで見えなくなるのは困るよ」

僕はそう答えた。

「そんな下手な真似はしない」

彼は苦笑して、僕の目に両手を当てた。

目がじんわりと温かくなった。すぐに彼は手を離した。

「これでもう余計なものは見ないだろうよ」

彼はそのまま去ろうとした。僕はあわてて言った。

「君は誰なんだ」

すると彼は振り向いて言った。

「そのうち地獄で会えるさ」

僕は驚いた。僕は確かに善人ではないかもしれないけど、地獄へ行くような悪いことはしてないのは、君だって知ってるだろう?

「僕は地獄へなんか行かないよ」

彼は笑った。

「それを決めるのは俺だ」

それから僕はもう二度とお化けを見ていない。眼鏡を外してもぼんやりとした世界しかない。

ああ、彼が言ったケンキってやつ、あとで調べてみたけど、中国の方で鬼や幽霊が見える能力のある人のことを「見鬼」と言ったらしいんだ。

ともあれ、僕は普通の人間になった。もうなにも見えないのさ。

え？　なんでこんな話をするかって？

言っただろ、僕はもう普通の人間になったって。だからずっと迷っていたことを君に言おうと思ってさ。

もしかして……って、うん、たぶん君の想像通り。えっと、つまりね。

「結婚してください」

僕は人生のよきパートナーを得た。そして見鬼の力を失った。

どっちがよかったかなんて言うまでもないけど、時々ね……。

あのぼんやりした世界の中でひそかに、でもはっきりと生きていた彼らのことを懐かしく思うこともあるんだ。

第五話

えんま様、虫を祓う

more busy 49 days
of Mr.Enma

序

「たかむら、かえるさん、つくってー」

「たかむら、ぞうさん、おってー」

子供たちが折り紙を持って篁を囲む。

「はいはい、ちょっと待っててね」

篁はにこにこしながら、差し出される折り紙を受け取っては、手早く動物の形を作っていった。

「おれ、かぶとむしがいいー」

「たかむら、ちょうちょは？　ちょうちょ、できる？」

ジゾー・ビルヂングの三階にある夜間保育園『シンジュク・キッズ』で、篁は園児たちのいい遊び相手になっていた。

手先の器用な篁の簡単なマジックや折り紙が子供たちに受けている。ときには子供の両手を持って振り回してやるという、大技も繰り出した。

「小野さん、いつもありがとうございます」

夜間保育園の園長、大河原邦子《おおがわらくにこ》が乳児を胸に抱きながら篁に話しかけてきた。

「いいえ、僕も楽しいんですよ。お手伝いできてうれしいです」

女の子が篁の背中にはりつく。

「ねー。たかむら、なぞなぞー」

「はい、みきちゃん。なんでしょう」

「あのねー、きりんさんがねー、うみでおよいでましたー、なんででしょう」

「ええ？　きりんさんて泳げるの？」

「うん、およげるよ。ねー、なんででしょう？」

「そうだなあ、暑かったからかな」

「ぶー」

みきちゃんと呼ばれた子は弾けるように笑った。

「おさかなとおともだちだったからですー」

「そっかあ」

きゃきゃきゃ、と子供たちが篁の周りに集まる。

「たかむら、ぼくもなぞなぞだすー」

「ねー、どうしてでんきってしろいの？　たかむら」

「えー、あかいでんきもあるよねー？　たかむらぁ」

絵本を片づけていたもう一人の保育士の山本《やまもと》が、呆れた声をあげた。

「みんな、大人の人を呼び捨てにしちゃだめよ。小野さんって言うか、篁お兄さん、て言いなさい」

山本は自身が子育てを終えてから保育の専門学校に通って資格をとった。現在四三歳だが、シンジュク・キッズでは五年前から働いている。

「えー」

「たかむらはたかむらだもん」

ねー、と顔を見上げられ、篁は苦笑した。

たかむら、たかむらと呼び捨てにされるのは、以前、炎真がここへ顔を出したときに「篁」と名を呼んだのを子供たちが覚えたためだ。

最初に「小野です」と挨拶したはずだったのに、炎真の発した「たかむら」の一言が浸透してしまったのは、不思議だ。

「じゃあ、こんどはみんなでわんちゃん折ってみようか。覚えて帰ってママやパパに見せてあげよう」

篁は子供たちに折り紙を渡した。犬を折るのはあくまでも篁個人の趣味だ。

子供たちは篁の周りに座って小さな指で紙を折り始めた。

コンコンと小さくドアが叩かれる音がした。篁は振り向いて耳をすます。子供たちの歓声の間だったので聞き間違いかと思った。

だが、再び小さな音。ずいぶん下の方からだ。

篁は子供たちに「待っててね」と断ると、ドアに向かった。ドアについている覗き穴、ドアスコープから見てもなんの姿も見えない。

首をひねりながらそっとドアを開けると、ドアスコープから見えないのも当然、背の低い子供が一人で立っていたのだ。背中にランドセルを背負った小学生で、黄色い帽子には学校名も入っていた。

「あれ？　奏太《そうた》くん……だったよね？　どうしたの？」

子供は篁を見上げると、くしゃくしゃと顔を歪《ゆが》めた。あ、これは泣き出すぞ、と思ったとたんに、わあっと大きな声を上げて泣き始める。

「あら、奏太くん」

大河原園長が奥から出てくると、奏太の泣き声は大きくなった。

「せんせえ！」

靴を脱ぎとばして奏太は篁の横をすり抜けた。突進する勢いで園長の腰にしがみつく。

「せんせえ、せんせえ！」

「あらあら、どうしたの、奏太くん。今日、おうちは……」

奏太はぶるぶると首を振り、園長のスカートに顔を押し付けるばかりだ。

「あら奏太くん、いらっしゃい」

山本も何の騒ぎかと顔を出す。

少年の名前は吉永《よしなが》奏太。赤ん坊の頃から夜間保育園に通っている。基本、未就学児童を預かるための施設だが、小学生でも両親が不在の夜には引き受けることがあった。奏太は母親と二人暮らしで、その母親の帰宅が不規則なため、つい先日までここで預かっていた。

「でも、三日ほど前から、おじいちゃんが家で奏太くんを見てくれるから退園ってことになったのよね」

園長に涙をぬぐわれている奏太を見て、山本が篁に囁いた。

「ええ、そうでした。たしか吉永さんのおじいさんが田舎から出てきて一緒に住むことになったんですよね。急な話でびっくりしましたが」

「奏太くん、今日はどうしたの？　おうちにおじいちゃんいないの？」

園長が聞くと奏太はすんすんと洟をすすりあげた。

「いる……」

「あら、じゃあ、おじいちゃん知ってるの？　奏太くんがここへ来たこと」

奏太は首を横に振った。

「だまってきたの。先生、ぼく、保育園《ここ》にいたいの。ここにいさせて」

「でも、おじいちゃん心配するでしょう？」

「あいつには言わないで！」

奏太は悲鳴じみた声をあげた。怒りというより恐怖に満ちた声だ。

「あいつって……奏太くんのおじいちゃんでしょう？」

奏太は首がもげるんじゃないかと思うような勢いで振った。

「あんなやつ、おじいちゃんじゃないよ！　知らないやつだ」

「え……？」

「知らないんだ……」

奏太は繰り返すと園長にしがみついて再びわんわん泣き出した。


「奏太くんママ、連絡とれました」

山本が園長に伝えにきた。

「吉永さんに奏太くんとおじいちゃんのこと確認してみた？」

奏太がこれほど祖父を嫌っていることについて、園長は虐待を疑っていた。念のため、からだを調べたが、それらしい痣《あざ》や怪我は見あたらなかった。

「はい、でも吉永さんは、まだおじいちゃんに慣れていないだけだろうとおっしゃってまして」

奏太の家には固定電話がないということで、祖父と直接話してみることもできない。

「吉永さん、お迎えは無理そうかしら」

「はい、今すぐはむずかしいと。何時になるかわからないとおっしゃって」

奏太の母親はテレビ局に勤めていて、情報番組のサブディレクターとして働いている。シンジュク・キッズでも一、二を争うお迎え時間オーバーママだった。日をまたいだことも度々ある。

「そう……」

園長は丸い頬に指をあて、部屋の中で小さい子たちと遊んでいる奏太を見た。

奏太は今は落ち着いて、楽しそうだ。

「先生、私、奏太くんを送っていっておじいさまとお話ししてみますよ？」

山本がそう言ったので、園長は手をあわせた。

「そうしてもらえる？　ありがとう。やっぱり黙ってここへ来てしまうのはまずいわよね」

あと三〇分ほどしたら、と園長は壁の時計を見た。

「奏太くん、また泣かなきゃいいけど」

家へ帰らなければいけないと言われたとき、奏太は口をへの字に曲げたが、泣きはしなかった。園長がいつでも遊びにきていいと約束してくれたからだ。

「でも、ちゃんとママかおじいちゃんにお話ししてからね」

「うん……」

奏太はうなだれる。暗く沈んだ目の中に怯えを見て、篁は奏太の前にしゃがみこんだ。

「奏太くん」

「たかむら……」

奏太の大きな目の中に涙がたまっている。

「おうちに帰るの、そんなにいや？」

「やだ……」

「もしかして……おじいちゃんが意地悪するの？」

篁は言葉を選んで尋ねた。園長がからだを調べても痛めているところはなさそうだと言うが、虐待は目に見えない部分で行われることもある。

奏太はちょっと考えているようだったが、やがて首を振った。

「イジワル、しない」

「そうなの」

「でも……」

「うん？」

篁が促すと、奏太は難しい問題を解くような顔になった。どう伝えれば大人がわかってくれるか考えているようだ。

「……おじいちゃん、……こわい」

「どういうところが？　叱られるの？」

奏太はぎゅっと篁の肩を握った。口が震えるが言葉が出てこないようだ。篁は辛抱強く待った。

「おじいちゃん……」

やがて奏太が考えながら言葉を押し出した。

「はっぱたべるの。こわい」

奏太の恐怖が篁にはわからない。葉っぱを食べるというのはどういうことなのか。

なぜそれが怖いのか。

わかってあげられないもどかしさに篁は唇を噛《か》む。

「くわこくわこ」

奏太が妙なことを言った。

「なあに？　それ」

「おじいちゃんが言う」

「くわこくわこ……？」

どこかの方言だろうか？　篁は首をひねった。

「そうだ、ちょっと待ってて」

篁はそう言うと折り紙を取り出して奏太の目の前で折り始めた。指先が忙しく動き、形を作ってゆく。

「イヌだ」

こわばっていた奏太の頬が少し柔らかくなった。

ふだん子供たちと作っている簡単なものではなく、ちゃんと四本の足と尻尾と耳が立っている複雑な折り方のものだった。

篁は出来上がった犬の折り紙を両手で持つと、唇を近づけて「ふううっ」と息を吹き込んだ。

「奏太くん、これ、持っていって」

篁は奏太に紙の犬を渡した。

「これね、名前をしっぺい太郎というんだ。昔、猿のお化けと戦った強い犬の名前だよ」

「しっぺ……たろう？」

「うん、お守りだよ。奏太くんを守ってくれるように」

「おまもり……」

奏太は折り紙の犬を両手で抱き、ぎゅっと胸に押しつけた。

「ありがと、たかむら」

「うん」

山本が奏太を連れて保育園を出た。篁は窓のそばに寄ると、夜の道を歩いてゆく二人の後ろ姿を見送った。


奏太を送っていった山本は、一時間ほどで戻ってきた。

奏太の家は都営大江戸線で東新宿から二つ目の牛込柳町にある。大人なら歩いていけるほどの距離だ。駅を出ると奏太が「こっち」と案内してくれたらしい。歩いているときは元気だったが、マンションに着いた途端にぐずりだして、部屋に入るまで大変だったと話した。

「奏太くんのおじいさん、どうでした？」

篁が聞くと山本はちょっとぼうっとした顔で、

「ええ、まあふつうの人でした。……特別怖い感じはありませんでしたし、奏太くんには少しそっけないかなというくらいで……」と答える。

「どうしたんですか？」

山本が眉をひそめて思い詰めた顔をしていることに篁は気づいた。山本は問われて恥ずかしそうに笑う。

「いえ、あの、……私さっきからおじいさんの顔を思い出そうとしてるんですけど、ぜんぜん覚えていなくて。やだわ、年かしらねえ……」

一

奏太はリビングのテーブルで祖父と向かい合っていた。テーブルの上にはご飯茶碗《ぢゃわん》と箸と皿が並んでいる。祖父が用意した晩ご飯だ。

奏太は箸を手に取らず、じっと皿を見ていた。

ご飯茶碗の中には今朝母親が炊いていった白米が入っている。

だが、皿の上にはキャベツとレタスと小松菜が載っているだけだ。

「どうした、奏太。食べないのか」

祖父が言った。抑揚のない声には命令する調子はないが、奏太はびくりと身をすくませて箸をとった。

ご飯茶碗を持って米を食べる。ご飯はスイッチが切られた炊飯器からよそってきたままで、冷たく固い。

「おかあさんは今日、遅くなるそうだ」

祖父の言葉にどきりとする。家に電話はないのにどうしてわかるのだろう。祖父は携帯電話を持っていたのだろうか？　だが、そんなものを使っているところは見たことがない。

そっと目を上げて祖父を見ると、祖父はキャベツを食べていた。両手で摑み、口に押し込む。シャリシャリと閉じた口の中でキャベツが咀嚼《そしゃく》される音が聞こえた。

奏太は口の中の白米を、嚙まずにごくりと飲み込んだ。祖父の口の動きから目が離せなくなる。

祖父は次にレタスを口に入れた。一枚全部口に入れ、やはりショリショリと食べている。

閉じている祖父の口の上の部分がぴくぴくと動いた。口の中から何かが押しているように見える。

やがて上唇を押し開けて出てきたのは白い芋虫だった。芋虫はぼたりと皿の上に落ちるとそこにあった小松菜を食べ始めた。

ショリショリショリ……。

ぼたり、とまた一匹落ちてくる。

芋虫を見ていた奏太は顔をあげた。

祖父の口の中に芋虫がいた。まるで歯のように並んで口の中から出てくる。

ぼた、ぼたり、ぼたぼた、ぼ、たたたたたたたたたたたたた……。

皿の上はたちまち芋虫でいっぱいになった。それがキャベツやレタスや小松菜に群がっている。

奏太は指の先で何か蠢《うごめ》くものを感じた。視線を落とすと持っていた茶碗の中には白米ではなく――。

ガチャン、と音がした。奏太の手から落ちた茶碗が皿にぶつかったのだ。テーブルの上に白米が落ちる。

「………」

奏太はぜえぜえと肩で息をしていた。祖父の皿には芋虫などいない。ただキャベツの切れ端が載っているだけだ。

「奏太、どうした。食べないのか？」

祖父がまた言った。口の中に緑の葉がつまっているのが見える。

奏太は椅子から飛び降りた。

「くわこくわこ」

背後で祖父がなにか言ったが、聞こえないふりをしてリビングを出た。

飛び込んだのは自分の部屋だ。小学生になったから、と母親が用意してくれた。そこには学習机とベッドがある。

奏太はドアの前にランドセルや本やおもちゃの箱を置いた。もっと重いものが欲しかったが、学習机やベッドは重すぎて動かせない。

奏太はドアの前に雑なバリケードを築くとベッドに飛び込んで布団をかぶった。

（ママ、ママ、はやくかえってきて）

奏太は泣きながら母親を呼んだ。

（あいつ、ぜったいヘンだよ、おじいちゃんじゃないよ、なんかちがうよ！）

ぎゅっと布団の端を握りしめる。その手の感触で思い出した。今日、保育園でもらったもの。

奏太はズボンのポケットに手を入れ、篁の折り紙を取り出す。布団の中では見えないが、指で触るとピンと立った耳と尖《とが》った尻尾がわかった。足もちゃんと四本ある。

（おまもり……えっと、なんとかたろう……）

奏太は指で犬の背を撫でる。

（どうしよう、なまえ、わすれた。えっと、えっと、なんだっけ、なんだっけ……）

名前を忘れたら守ってもらえない。きっと呼んでもやってこない。奏太はどうしていいかわからなくなり、折り紙の犬を両手に挟んでからだを小さく丸めた。

（どうしよう……たすけて、だれかたすけて……）


その頃、奏太の母親の吉永樹理子《きりこ》は靴音を響かせながら牛込柳町を歩いていた。アスファルトを蹴るたびに硬い音がするのは、かかとのゴムがすり減って金属が出てしまっているからだ。カツカツと響く音はひどく耳障りで、周囲の人の眉をひそめさせているのではないかと思ってしまう。

だがリペアショップへちょっと寄って直すという時間はなかった。

二時間ほど前に、以前世話になっていた夜間保育園から電話があり、奏太が勝手にやってきたと言われた。そのときはいつ戻れるかわからないと答えたのだが、そのあと取材が順調に運び、思ったより早く帰れることになった。

赤ん坊の時からずっと通っていた保育園だから、奏太にとっては第二の自宅のようなものだ。

だけど、もう小学生だし、子供にとっては学校から戻るのは保育園より自宅の方がいい。せっかくおじいちゃんと住めるようになったのだから……おじいちゃんが自宅にいるんだから……。

「あッ」

かかとの釘《くぎ》が石畳に滑り、樹理子はよろけそうになった。あわてて反対側の足で踏ん張る。タイトスカートの幅いっぱいに足が開いて、布地が裂けそうになった。

「あっぶなー。やっぱり靴を替えてくればよかった」

樹理子は舌打ちして、今の恰好を誰かに見られなかったかと顔を巡らせた。

「あれ……」

そこで気づいた。自分が見知らぬ場所にいることに。

「あ、あれれ」

町の雰囲気は牛込柳町なのだが、自宅のある方向とは違う場所にいる。

「やだ、道を間違えた？　なにぼうっとしているのかな」

樹理子はあわてて振り返ると元来た道を歩き始めた。

「五年以上住んでるのに迷うなんて」

早く帰ってやらなければ。奏太はきっとおじいちゃんを怖がっているのだ。だから夜間保育園に行った。

仕方がない、おじいちゃんとは初めて会うのだもの。私の父は私が幼いとき死んでしまったから、年を取った男性の存在を知らないのだ。おじいちゃんは夫の――。

あれ？　と樹理子は足の運びを緩くする。

夫だって？　夫とは二年前に離婚した。その夫の舅《しゅうと》がうちにくるなんてあり得ない。そうだ、違う。おじいちゃんは親戚だった。父の兄で、……いや、弟だったかな？　父の父じゃなかった？　私にとっては祖父、奏太にとっては曽祖父。だってあんなに年を取っているのだもの、年って……。

樹理子は顔をあげて信号機を見上げる。

「どこ、ここ」

家へ帰る道を歩いていたのに、また違う場所だ。

（私、どうしちゃったの？）

歩いても歩いても帰り道に出ない。地名はわかる。そこからの道順もわかる。スマホでマップを検索しながら歩いているのに、気が付くとまったく反対の方にいる。

スマホ画面の時計の数字だけがどんどん進んでいった。

樹理子の脳裏に若年性認知症という言葉が恐怖と一緒に浮かぶ。テレビ局でさまざまな番組を制作している中にそれを扱ったものもあった。道に迷うというのも顕著な兆候だ。

（じゃあ、おじいちゃんの顔が思い出せないのも？）

家にいる老人の年がいくつだったのか、そもそもなんという名前だったのか、自分とどういう関係だったのか思い出せなくなっている。

（待って待って待って）

樹理子は電柱にすがりついた。

あの老人が家に来たのはいつだったろうか。やってきてお前の祖父だと言われた。すとんとその言葉が胸の中に収まった。祖父と同居することになっていたのだ、そうだった、と。

だからその日のうちに夜間保育園に電話をして退園した。急な話で大河原園長は驚いていた。申し訳ないと思ったが、自分では前から決めていたことのように感じていた。

祖父が来た初日、奏太が初めて学校から直接うちに帰る練習のために、学校まで迎えに行って一緒に帰った。おじいちゃんはにこにこと出迎えてくれた。晩御飯を作って、一緒に食べて奏太と布団に入って――。

え？　おじいちゃんはどこで寝たの？　私は布団を敷いていなかった。でも朝になったらおじいちゃんはにこにこしながらテーブルに座って「おはよう」って。

次の日も奏太を学校に迎えにいくことができた。忙しいときはめちゃくちゃ忙しいが、暇なときはまとまってくる。

その日も一緒に晩御飯を食べて寝て。やはり祖父がどこで寝たのか記憶にない。

そして今日。今日は迎えにいけなかった。だから奏太は夜間保育園に行ってしまったのだ。あの人の待つ家に帰りたくなくて。

「私……本当に頭がどうかしちゃったの？」

あの人は赤の他人じゃないか。

私は若年性認知症じゃない、あの人がまったく関係のない人だと今ならわかる。顔も名前も知らない、どこから来たのかも知らない。

「奏太……！」

背筋を悪寒が駆け上がる。

大事な息子が、今、得体のしれない男と一緒にいる。

早く！

早く帰らなくっちゃ！

なのにどうして私は道がわからないの⁉

奏太は布団の中で震えていた。祖父が部屋の外を歩いている音がする。リビングから奏太の部屋の前まできて、また去って行って再び近寄ってくる。そうやって何度も行ったり来たりしているのだ。まるでタイミングを計っているかのように。まるで力を溜《た》めるかのように。

(ママ！　ママ！)

奏太は折り紙の犬を握りしめ、祈りのように母親を呼んだ。

(はやくかえってきて！)

朝、ちゃんと起きるから。給食も全部食べるから。パジャマから服に着替えるときぐずぐず言ったりしないから。寄り道しないで帰るから。

(だからおねがい！　いま、かえってきて！)

足音がまた近づいてきている。

部屋の前で止まった。

それが今度は戻って行かない。

カチャリ、とドアノブが押される音がした。奏太は息を止めた。

(ぼくはいない！　ぼくはみえない！)

奏太は手の中の紙の犬にすがりつくようにからだを丸めた。

「奏太……」

祖父が呼びかける。

「そこにいるのかい」

(いないよ！)

心の中で答えてしまった。

「奏太……。おじいちゃん、奏太を連れにきたんだよ……くわこさまのところに一緒に行こう」

いやだいやだいやだいやだ……。

布団が摑まれたことがわかった。

「くわこさまがお待ちだよ……」

(たすけて、たすけて、だれか……だ、れ、か……、た、たろう……っ)

そのとたん、心の中に光のように名前がよぎった。

「しっぺいたろう！」

ワンワンワン！

大きな犬の声が聞こえた。ぎゃあと叫ぶしわがれた声。布団がめくりあげられ、奏太は転げるように床の上に這い出した。

「しっぺいたろう！　たすけて！」

老人に犬が飛びついている。腕を、胴を、首を狙って何度も飛びかかった。白い、からだの大きな犬で、尻尾はくるりと巻いている。それが鼻にしわをよせ、牙を剝《む》き、唸り、吠えて奏太の前に立ちふさがった。

「ええい、邪魔な犬畜生め！」

老人が摑みかかってくる。その手に犬は嚙みついたが、老人は平気な顔で腕を振り上げた。

ぶつり。

嫌な音がした。着地した犬の口には老人の腕がくわえられていた。だが、ちぎれた部分から血は流れていない。かわりにぼたぼたと落ちてきたのは白い芋虫だ。さっき皿の中に落ちてきたものと同じ虫だ。

奏太は老人を見た。ちぎれた老人の腕からも白い虫が落ちてくる。虫は驚くほどの速さで犬に群がった。

足に、尾に、背に虫にたかられ、犬はかんだかい悲鳴を上げた。

「しっぺいたろう！」

奏太は思わず犬に駆け寄った。だが、うぞうぞと蠢く虫の群れに、おじけづき、そのからだから虫を払ってやることはできなかった。

「にげて！」

奏太は叫ぶと窓に飛びつき鍵を開けた。大きく開いて犬を振り向く。

「たかむらのとこ、いって！」

虫にたかられ床を転げまわっていた犬はよろけながら立ち上がり、すばらしい跳躍で窓から飛び出した。

「たろう！」

奏太はベランダに飛び出し、手すりを握りしめて下を見下ろした。夜の中でも、しっぺい太郎の白いからだが光って見えた。

「たろう、いって……たかむらを、……ママを、つれてきて……！」

泣きながら叫ぶ奏太の肩を、骨のように固い老人の指が強く摑んだ。

二

炎真と篁は新宿ゴールデン街にある居酒屋に入っていた。ホルモン焼きと厚揚げが看板メニューの店で、これにもつ煮をプラスすると朝まで飲めてしまうと言われている。

「くそう……ただの牛の内臓がなんでこんなにうまいんだよ」

炎真は八枚目の皿を重ねた。九皿目を注文しようかどうしようかと迷う。

「丁寧な下処理と、この独特のタレでしょうかねえ」

篁もギャラ芯を口の中にほおばって、味のしみこんだ弾力のある食感を楽しんでいる。

「タレもうまいが塩もいい。このセンマイのざくざく感はくせになるな」

炎真はひょいと篁の皿から肉を奪った。

「ああっ、それ最後に食べようととっておいたやつ！」

「俺のものは俺のもの。おまえのものは俺のもの」

炎真は笑いもせずに真面目に言った。

「出た！　ジャイアニズム！」

「やっぱり我慢できねえ、親父《おやじ》、豚のハツだ！　タレでくれ！」

「まいどー」

店の奥から店主の声だけが応える。

「篁、この店じゃ杉林《すぎばやし》のゴールドカードは使わねえぞ。こんなにうまいものは自分の金で喰《く》いたい」

以前、新宿の四季の路に現れる霊の問題を解決したとき、〝ゴールデン街の治安を守ろう会〟の会長からもらったカードのことだ。基本、どの店でも飲み食いできるという、炎真にとっての魔法のカード。

「その通りですね、エンマさま」

とはいえ、炎真の出す金も地蔵の財布から出ているのだが。

「じゃあ僕は牛にします。コプチャンに行こうかな、それともコリコリ……」

篁がメニューとにらめっこしたとき、外が騒がしくなった。悲鳴と怒鳴り声、それと――。

「犬の声だ！」

篁がスツールから飛び降りる。入り口の戸を引き開け外に出ると、白い犬が飛びついてきた。いや、白ではない。背や尾や足が赤く汚れていた。耳も半分ちぎれて頭の上が真っ赤に染まっている。

「しっぺい太郎！」

犬は篁の顔を見て「ワン！」と一声吠えるとたちまち消えた。元の折り紙に戻ったのだ。周りにいた客たちは「犬が消えた！」「にげた？」と驚いている。

「しっぺい太郎……」

犬の折り紙はぼろぼろだった。耳や尻尾、足も胴体もギザギザに切り取られている。

まるで虫食いの葉のように。

「エンマさま！」

篁が店を振り向くと、炎真が口の中をハッでいっぱいにして出てきたところだった。

炎真と篁は夜の街を走っていた。先に立って走っているのは白い犬。さきほどの折り紙の犬ではなく、篁が新しく折った犬だ。犬は同胞の匂いを辿り、ひたすら前を向いて走っている。

道を歩いている人たちは、走る犬に驚き、そのあとを追って風のように過ぎてゆく炎真と篁にのけぞった。

「しっぺい太郎があんなにぼろぼろになるなんて！」

篁は走りながら言った。

「奏太くんのうちでなにか恐ろしいことが起こっているんです！」

「わかっている！」

まったく息を切らさず炎真は走っていた。目の前の、巻いた犬の尾だけを睨みつけている。

「夜間保育園のガキどもになにかあれば、地蔵が烈火のごとく怒りだすだろうからな。

どのみちこきつかわれるなら、先に片づけておいた方がいい」

　奏太の住む牛込柳町まで地下鉄に乗らずとも、大人の足でも三〇分ほどだ。それを全力で駆け抜けて、一五分程度で二人は白くそびえるマンションに辿りついた。さすがにいったん膝に手を突き、息を整える。

　マンションはオートロックではなかったため、炎真と篁はすぐに目当てのドアを見つけた。ドアのノブを回すと鍵はかかっていなかった。炎真は靴も脱がずに家の中へ入った。

「誰かいるか!?」

「奏太くん！」

　後ろから篁も追ってくる。あちこちのドアを開けて中を確認するも、誰もいなかった。

「篁、見ろ」

　子供用のベッドが置いてある部屋に入った炎真がしゃがみこんでいる。その部屋のあちこちに白い虫がころがっていた。

「これは……蚕のようですね」

　虫の一部は潰され、胴体がちぎれているものもいる。

「しっぺい太郎がやったんですね。からだが食い荒らされていましたが、これに襲われたんでしょう」

「虫が犬を襲っただと？」

炎真は開け放たれた窓に気づいた。その窓枠からなにかキラキラしたものが外に向かって流れている。近寄って見ると細い糸が何本も窓枠に絡みつき、夜の風の中に漂っている。

「蚕の糸か」

炎真は指先でその糸を手繰り、こねた。白い糸が小さくまとまる。見ているとその玉の中からさらに小さな虫が現れた。

炎真が指先に力をいれると、虫は溶けるように消えてしまう。

「ただの虫じゃねえな……。現世のものじゃない」

「エンマさま、奏太くんは……」

炎真は糸が流れる方を見やった。星のない暗い空だ。

「連れていかれたのかもしれん」

「そんな、どこへ!?」

そのとき、バタンと玄関のドアが開く音がした。そのあと、重いものが倒れるような大きな音。篁が飛び出すと、玄関に女性が一人倒れている。

「吉永さん!?」

篁は駆け寄って女性を抱き起こした。

「大丈夫ですか？」

「あ、あなた、だれ」

吉永樹理子は怯えた目で篁を見上げた。

「覚えてませんか？　篁です、シンジュク・キッズの」

「あ、……」

樹理子は疲れ果てた顔をあげ、周りを見回した。

「どうしてここに……奏太は……」

「そ、それが……」

はあーっと樹理子は大きく息を吐いた。

「どうしても家に辿りつけなくて……タクシーに乗ってもだめで……さっきようやく……帰ってこられて。奏太は？　奏太はどこ？」

樹理子は篁の手にすがって起きあがろうとした。ひざががくがくと頼りなく震える。顔から大粒の汗が流れていて、ずいぶんと歩き回っただろうことがわかる。

「あの人はおじいさんでもなんでもなかったのよ、誰なのかわからないの。奏太はどこ――！」

「おまえの息子はいない」

子供部屋から出てきた炎真が冷たく聞こえる声で言った。

「ど、どうして！　なんで！　あんただれ！　あんたがどこかへやったの!?」

樹理子は止めようとした篁の手を振りきり、つんのめりながら炎真につかみかかった。その両手をとらえ、炎真は樹理子に顔を近づけた。

「落ち着け。おまえの子供をかどわかしたのは俺じゃない」

「あ、あんた、だれなの――」

「吉永さん、この人は僕の友人で大央炎真と言います。信頼できる人です」

篁が急いで言う。だが炎真はそんな篁のフォローを台無しにするように、厳しい調子で続けた。

「おまえ、どこか変わったところへいかなかったか？　そこでなにか拾ってきただろう」

「な、なにかって」

「思い出せ。子供を救うためだ」

樹理子の目線が忙しく動き、両手が髪をかきむしった。

「そんな、そんなこと言われても」

「お茶をいれましょう！」

樹理子の背後で篁が言った。

「吉永さんはずいぶんお疲れのようです。椅子に座ってお茶を飲んで、そうしたらきっと思い出せます」

リビングの椅子に吉永樹理子は悄然《しょうぜん》として腰を落としている。壁にかけられている時計の秒針がカチコチと時を刻んでいた。

やかんでお湯を沸かした篁は、食器棚の中から急須と湯飲みを見つけた。電子レンジの上に置いてある茶筒をとりあげて明るい声を出す。

「ほうじ茶だ。疲れているときにはいいですよね」

篁は手際よくお茶をいれると、湯気のあがっている湯飲みを樹理子の前に置いた。

お茶を焙《ほう》じた香ばしい匂いが樹理子の気持ちを落ち着かせる。

「ありがとうございます、小野さん……」

お礼を言う余裕も出てきたようだ。

篁は炎真の前にも湯飲みを置いた。

「山本さんが電話で話されたように、奏太くんは今日、保育園に来ました。そのあと、山本さんが家まで送り、おじいさんに会ったと言っていました」

「その人が――」

樹理子は湯飲みを両手で包んで言った。

「ぜんぜん知らない人だったことを思い出したんです。さっきまでは自分の身内だと疑ってもいませんでした。でも家へ戻れなくなって、歩き回っているうちに思い出したんです」

信じてもらえますか？　と必死な目の色で炎真と篁を見る。

「家に戻れなかったのも、奏太をさらったものの仕業だろう。おまえがいては、やりにくいだろうからな」

「昨日もその前の日も、私が一緒にいたから……」

樹理子は両手で顔を覆った。

「今日も早く帰ってやれば……っ」

「自分を責めても仕方がない。子供をかどわかすまでは諦めなかっただろうな」

「エンマさま、言い方！」

篁が睨む。炎真は軽く肩をすくめた。

「……奏太くんが家へ帰るのを怖がっていたので、僕がお守りを渡しました。そのお守りが異変を教えてくれたんです。それでこちらに」

篁の言葉に樹理子はただうなずいている。お守りについて詳細に聞かれなかったのはよかった。彼女にとってはお守りだろうが防犯ブザーだろうが、異常事態を知らせてくれた、という事実だけでいいのだ。

「やっぱり警察に連絡した方がいいんじゃないでしょうか。奏太はさらわれたんです、知らない人に」

樹理子は椅子から腰を浮かし、同意を求めるように炎真を見た。

「その人間を身内だと信じて三日一緒に暮らしていたと言うのか？　しかもそれを今日になって思い出したと。警察がそんなことを信じるか？」

だが、その提案はぴしゃりと撥ね退けられる。

「だ、だって……」

「これを見ろ」

炎真はテーブルの上にちぎれた芋虫をいくつか置いた。樹理子が「きゃっ」と小さな悲鳴を上げる。子供部屋に散らばっていた死んだ虫を、篁が集めておいたものだ。

「よく見ろ」

炎真は手のひらを広げると、その芋虫たちの上にバンッと置いた。樹理子のからだがすくみあがる。

しかし、あげた手のひらには、想像したようなつぶれた芋虫の死体はなく、テーブルの上からも消えていた。

「ただの芋虫じゃねえんだ。しいていえば残像みたいなものだ」

「だが残像でも紙に孔《あな》を開けることができるようなやつだ。こいつらを操っているものの、それがおまえの子供をさらった。これは、警察の、案件、じゃない」

炎真は言い聞かせるように一文一文区切って言った。

「俺たちなら対応できる。信じるかどうかはおまえの判断に任せる」

「吉永さん。僕たちのこと、うさんくさいと思われるかもしれませんが、人の手に負えないことでも僕たちならなんとかできます。信じてもらえませんか？」

篁が横から優しく、心をこめて言う。

「……」

樹理子はなにもいないテーブルの上を見つめた。その顔の上にさまざまな感情がよぎってゆく。後悔、不安、怒り、悲しみ、迷い、疲れ、絶望……。

樹理子はストンと椅子に腰を下ろした。

「異常な状況だというのは……私が身を以《もっ》て体験しました。自分がおかしくなったとまで思いました。そんなことができる相手なんですよね」

樹理子は炎真を見て、篁を見、そして再びテーブルの上を見た。

「あなたたちを信じたい。お願いしたい……。でも、どうか、私に信じさせて。あなたたちにそんな力があるって」

「地獄の王を試すか。不遜きわまりないが、緊急事態だからな、いいだろう」

炎真が篁にあごをしゃくった。

「篁、犬を出してやれ」

「あ、はい」

篁は手の上に折り紙の犬を出した。それにふっと息を吹きかけると、たちまち犬は両手で抱えるくらいの生きた犬になり、テーブルの上で「ワン！」と樹理子に向かって吠え、尻尾を振った。

「……い、犬？」

篁が犬を抱き上げ頭を撫でるとより激しく尻尾を振る。まったく普通の犬のように見える。そのあと、犬は煙のように消え、篁の手の中には折り紙が残る。

「今のは……」

「手品みたいなものだがタネはないぞ。紙を依り代に、地獄から犬を召還《よ》んでいる」

「じ、地獄？」

「これ以上はトップシークレットだ。まあ真実を言えば言うだけ嘘っぽく聞こえるからな」

炎真は笑った。樹理子は炎真の顔を見て、はっとした。突然現れた犬より、消えた芋虫より、目の前の笑顔のほうが信じられる……そう思ったのだ。

「わかりました」

樹理子はきっぱりと言った。

「お願いします、奏太を助けてください」

炎真は満足げにうなずく。

「そのためにも思い出せ。ここしばらくの間でどこへいってなにをしたのか」

「……」

樹理子はテーブルの上の湯飲みを両手でぎゅっと握りしめた。

「今月はずっと都内で仕事を……。先月は……取材で……山奥の村へ……」

「山奥の村？」

「はい。――県の山の中に、今はもう無くなってしまった村があるというので取材に行きました。夏の特番で廃村を巡る企画があって」

「廃村……」

「吉永さんはテレビ番組を制作されているんです」

篁が言って「そうでしたね？」と樹理子に確認をとる。樹理子はうなずいた。

「その廃村に息子は連れていっていないな？」

「もちろんです」

「何人くらいで行った？」

「カメラマンと音声とタレントさんと……ADが三人にそのほかのスタッフが二人……。それに私で九人です」

「その中で子持ちなのは？」

樹理子は青ざめた。

「みんな若くて……私だけです」

「そこで目をつけられたか」

「そんな！　なにもない、普通の廃村ですよ？」

「普通かどうかは俺が決める。どういう場所なんだ、そこは」

「そこは――」

樹理子は急に立ち上がると、リビングを出て玄関に向かった。靴脱ぎの場所に放り出してあったバッグを持ってくる。

「確かにその場所は――行ったときはなにもない普通の村だと思ったんですが、いろいろと噂のある場所でした」

バッグの中から薄いタブレット状のものを取り出した。手書きでメモができる機械だ。

「ほかの村の人も近づきません。私たちはそんな怖い噂のある村を取り上げて、ホラーの特番を作ろうとしていたんです。今流行《はや》ってるじゃないですか、〝行ってはいけない村〟って」

炎真の眉がぴくりと跳ね上がる。篁は急いで湯飲みに茶を追加した。

「――廃村になった理由は？」

「それはこれから詰める予定でしたが、直接の原因は山崩れです。戦後すぐの話ですが、公民館に人が集まっていて、その施設を土砂が襲い、それで村の人の大多数が亡くなったんです。ほぼ男性だったということで、稼ぎ手のなくなった家の人たちはみんな山を下りてしまったと」

樹理子はタブレットのメモを見ながら言った。

「その山崩れがあってからほかの村の人間も近寄らなくなったのか？」

「はい、ええっと――」

樹理子はタブレットの中のファイルを呼び出す。

「いえ、昔からあまり交流がなかったようです。この村は養蚕で生計を立てていて……」

そこまで言って樹理子ははっとした顔をした。テーブルの上の白い虫、あれは。

「蚕か」

炎真も虫を潰した手を見る。

「その村だということはこれでほぼ決まりだな」

「む、村の動画があります！」

樹理子はまたバッグをあさった。小さなメモリースティックを捜し出す。

「パソコンで再生します。こちらへ」

樹理子に連れられてリビングからもうひとつの部屋に行く。そこは作業用のデスクとクローゼットだけでいっぱいになってしまうような狭い部屋だった。

「散らかっててすみません……」

樹理子の言うように床の上に服や雑誌や書籍が積み重なっている。

「ここは私が仕事をするだけの部屋なので……」

そう言い訳しながら、樹理子はさりげなく、床の上の服を足ですみに除《よ》けていった。

「動画と写真を何枚か……これです」

椅子に座った樹理子がパソコンの画面上のアイコンをクリックする。

すぐに動画が再生された。

村は山に囲まれ、家が点在している。たいていの家は雑草だらけの広い畑に囲まれていた。家の後ろに青々とした葉の、低い木々が生えている。おそらくは桑の木だろう。

村の中には木造の電柱がたち、電線が空をよこぎっている。村の中の道はじゃり道で、足場が悪いのか画面がよく揺れた。

映っている家はたいがい古い木造家屋の平屋で、屋根に瓦の載っている家よりはかやぶきの家の方が多かった。外見はきれいに見えたが近寄ってみるとしっくい壁はひび割れ、屋根の瓦が落ちている。風化はかなり進んでいるようだ。

広い庭もあるが、畑の桑の木が雪崩のような勢いで庭に進出し、家を飲み込もうとするかの如《ごと》く、すぐ近くまで迫っている。

カメラはことさら侘《わび》しい風景を撮ろうとしたのか、破れた障子戸や、開きっぱなしの木戸などを映している。誰もいない空っぽの村の映像の中で、動いているのは桑の木のつやつやした緑の葉だけだ。

不意に画面に男の顔が大写しになった。その顔は笑みを作ってすぐに画面から消える。

「す、すみません。番組制作のADがふざけて」

カメラはそのふざけた男の背中を追ってゆく。音声のない画面の中で男が時折こちらを向き、なにか言っているようだ。その腕があがって一方を指さしている。

「これが土砂で潰された公民館跡です」

樹理子が画面を指さした。炎真と篁は樹理子の背後から画面に顔を近づける。

公民館跡と言われなければただの瓦礫《がれき》の残骸にしかみえない。かろうじて、歪んだトタン屋根が見えたのでそこに建物があったのだとわかる。

トタンは雨ざらしになったためか、鉄色に錆《さ》びて大きな穴が開いていた。地面がときどき光るのはガラスの破片だろう。立ち入り禁止のテープが昔張られていたのか、今はちぎれて何本もの紐《ひも》になってはためいていた。

「廃村になったのは最近なのか？」

「いえ、そんなに新しくはないです。昭和四〇年代だと聞いています」

「昭和、平成、令和とほったらかしだったのか」

「そうですね、道路も村の入り口までしかアスファルトが敷かれてませんでしたしね」

　カメラはさらに無人の村を映してゆく。明るい日差しの中でのどかな感じさえした。

「……」

　黙って画面を見ている炎真に樹理子は焦った様子を見せた。

「あの、ほんとにここで私が何か……」

「映像を戻せるか？」

「あ、はい。どこまで……」

　炎真は画面から目を離さないまま言った。

「公民館のあたりまでだ」

「はい」

樹理子はマウスを使ってカーソルを動画の真ん中に持っていこうとした。その手を炎真が背後から重ねて止める。

「そうじゃなく、逆再生にしろ」

「あ、は、はい」

左向きの三角のアイコンをクリックすると動画が戻される。同じ映像がもう一度逆向きに進んでいくのを見ていると、公民館の跡地が映った。

「これ……」

さっきは気づかなかった。しかし、いま、跡地のそばに薄い人影がいくつも見える。呆然と立ち尽くす人々の、表情は見えないが、その佇《たたず》まいはどこか途方にくれているようだ。

「こんな、まさか」

樹理子は口を両手で覆った。

「今まで撮ったものの中でこんな現象が出たのは初めて……！」

声に興奮が窺える。今、彼女の中から一瞬、息子のことは消えただろう。

「すごい！　スクープだわ」

「それで息子もテレビに出演させるのか？」

炎真の冷淡な声に樹理子はびくっとからだをすくめた。

「ご、ごめんなさい……っ、そうよね、奏太……奏太を捜さなくっちゃ」

映像は公民館からまた村の全景に戻っていた。

「この村に奏太がいるんでしょうか」

樹理子は画面に手のひらを伸ばし、撫でるようにした。

「おそらくな。とりあえず俺たちはこの村に行ってみる。正確な住所はわかるか？」

「わかります。でも、ここ車がないといけない場所ですし、時間もすごくかかるし」

「心配ない。すぐにいける手段もある」

炎真は樹理子から手書きの住所を受け取った。

「エンマさま、すぐ行くってむずかしいですよ？」

篁が炎真の腕を引いて、顔を寄せた。

「いったん地獄《あっち》に戻ってその場所に穴をつなげる方法は今回はとれません。前回それで穴を開けたことが十王会議で問題になりましたから」

生霊を飛ばした老女の確認で新潟に行ったことを言っているのだ。

「そんな方法はとらないさ」

炎真はにやりと笑って住所を書いたメモを振った。

「胡洞に用意させる」

三

「未来から来た猫型ロボットじゃあるまいし、簡単に言わないでよ」

新宿歌舞伎町のジゾー・ビルヂングに戻った炎真は、すぐに二階の骨董店《こっとうてん》「雲外《うんがい》堂《どう》」に入った。扉を開けると細長い廊下が続いており、両脇にさまざまな品物が置いてある。室内は薄暗く、おぼろげな足元にはなにかがちょろちょろと動いている。

突き当たりはやや広い部屋になっていて、大きな籐椅子《とういす》に女物の着物を着た胡洞が腰かけていた。手にした煙管《きせる》から薄紫の煙があがっている。ビルの一室とは思えないほど広いので、どこか別の場所へと空間がつなげてあるのだろう。

ここから遠く離れた山奥の村にすぐ行きたい、と炎真が言うと、胡洞は呆れた様子で答えた。

「妖怪の便利グッズとかないのか」

「ないわよ！」

胡洞はぶるんと縦ロールを振る。

「なんだ、期待してきたんだがな」

炎真は篁と顔を見合わせる。

「早くしないと子供が危ないな」

「子供になにかあると地蔵さまが心配されますよね」

「地蔵には知らせずに、いい方法があるといいんだがな」

炎真はそう言ってもう一度強く胡洞を見つめた。

「本当にないのか？　頼むよ、胡洞」

「下手に出ればアタシが言うことをきくと思ってぇ」

胡洞は眼鏡のブリッジを何度も指で擦った。

「でも仕方がないわね、子供絡みなんでしょ。おっしゃるとおり、子供が絡むと地蔵さんは怖いのよねぇ」

ふうっと胡洞はため息代わりの煙を吐く。その言葉に炎真もうなずく。

「道具があるのか？」

「道具じゃないのよぅ」

胡洞は怪しげな品物が積み上げられた棚から黒電話を引きずり出した。

「遠くの場所に道をつなげることができるコがいるの」

胡洞が電話をかけ、受話器を置くや否や、店の床の上に陽炎《かげろう》のようなものが立った。もやもやと空間が歪んで見えたのだ。

やがてその中からひょいと小さな猫の頭が覗いた。つづいて胴体。猫は赤いベストを羽織り、足に小さな長靴をはいていた。全体的に灰色で、尻尾の先だけが白い長毛種だった。柔らかく長い毛が全身を覆っている。

「わあ！　猫ちゃん」

動物好きの篁の声がオクターブ跳ね上がる。猫はするりと床に足をつけるとそのまま立ち上がった。意外と大きい。胡堂の腰くらいに頭が来る。

「にゃあん」

猫はぷっくりふくれたひげ袋《ウイスカーパッド》をぷくぷく膨らませながら鳴いた。

「猫又のゆずちゃんよ」

胡洞がそう言うと、猫は挨拶をするように長い尻尾を振った。一本に見えた尾が縄がほどけるように二本に分かれてゆく。

「猫又さん！　初めて見ました！」

篁が感激の声を上げ、両手を組み合わせる。

猫は丸い前脚で銀色の髭《ひげ》をこする。大きく開いた目はキウイのような緑色だった。

「このゆずちゃんは猫又になってまだ日が浅いんだけど、猫道をつくるのは得意よ。猫道については知ってる？」

胡洞はゆずのふわふわしたあたまを撫でながら言う。

「聞いたことがあります。猫だけが知っている道ですよね」

「ええ、そう。猫又はその道を自由につなげられるの。場所さえわかっていればたとえ遠くの山奥にでも。それであっという間に移動できるのよ」

「すばらしい！　猫道を体験できるなんて！」

篁は感激しっぱなしだ。炎真は腕を組んで、伸びをしている猫を見下ろした。

「大丈夫か？　送り込まれて違った場所でした、じゃすまねえぞ」

その言葉を聞いて、猫はピンと耳を立てた。後足で身軽に飛び上がると一回転して、着地したときには人の姿になっていた。

「失礼なやつやね！　ゆずは猫道を開くのは大得意よ！」

人型になったゆずは六歳くらいの男の子の姿をしていた。猫の時と同じ、灰色のふわふわした髪をしている。赤いベストと長靴はそのままで、中には誰が選んだのかアニメのキャラクターのTシャツを着て半ズボンをはいていた。

ズボンの尻からは膨らんだしっぽが二本出て、苛だたしげに床を叩いている。

「ああ、ごめんね。悪気はないんだ。子供が心配で焦ってこんなことを。許してね」

篁が素早くフォローに回る。膝をつかれて覗き込まれ、ゆずはキウイグリーンの目を丸くした。

「子供？　どうしたん？」

「実は知り合いの子供が悪い奴《やつ》にさらわれてしまったんだ。それでその子を見つけたいんだ」

「さらわれたん？」

ゆずは、ふわふわした頭に両手をつっこんだ。引っ張り出したのは小さな三角の耳だ。

「さらわれた子ぉ、おかあちゃんおるん？」

「うん。すごく心配してる」

「そっかあ……そらそうやね」

ゆずは丸めた手で顔をぬぐった。

「わかった。そこの兄ちゃんは気にくわんけど、おかあちゃんのためや、ゆず、助けたげる」

そう言うと、ゆずは今自分が出てきた空間をちょいちょいと握った手の先でかき回した。篁がいつも開けている地獄の門と似たような黒い空間が現れる。

「住所わかるん？」

「ああ」

炎真はメモをゆずに見せたが、それには首を振る。

「ゆず、まだ字ぃは読めんのよ。言葉でゆって。人間がつけた地名なら、その言葉で場所を決められるんよ」

炎真はメモの住所に目を落とした。

「――県――郡、――村」

「よっしゃ」

ゆずは真剣な目で暗い穴の奥を見つめる。三角の耳がきゅっと内側に向き、二本の尻尾がゆらゆらと揺れた。キウイグリーンの目の中の金色の瞳孔が大きく広がる。

「――届いたわ」

ピン、と尻尾が立った。

「もういけるで」

「早いな」

炎真が驚くとゆずは自慢げに胸をそらす。

「ゆずはこれでも立派な猫又やもん。さ、入り」

促されたがゆずが開けた穴は小さく、炎真も篁も膝をつかなければ入れなかった。

「次はもう少し大きくしてくれ」

「注文ばっかりやね、兄ちゃんは！」

ゆずがシャアッと牙をむく。炎真は黒く狭い穴に身を乗り入れた。


同じ頃、吉永樹理子はテレビ局に向かっていた。あの村のことをもっと調べておいてほしいと炎真たちに言われたからだ。

最初は当然一緒にいくつもりだったが、炎真に「おまえが一緒にいけるかどうかはわからないし、ついてきても邪魔になるだけだ」と冷たく断られた。

「その代わり」

炎真は樹理子に自分のスマホの番号を教えた。

「調べるのはおまえにしかできない。村の男たちがなぜその日公民館に集まっていたのか、村がほかの人間たちと交流を持たなかったのはなぜか、調べられるだけ調べてほしい」

樹理子はタクシーの中でスタッフの一人に電話をしていた。

「ごめん、夜遅く。あの廃村のことで確認したいことがあるの。村の生き残りの人を見つけたって言ってたでしょ。インタビューしたって。その音声データはどこにあるかな……飯野《いいの》くんが持ってる？　わかった、ありがとう」

樹理子は次の相手に電話をした。だが、呼び出し音が鳴るだけだ。

「起きてよ飯野くん……でないとあんたのデスク、荒らしちゃうわよ」

樹理子はスマホを両手で握りしめ、延々と続く呼び出し音を聞いていた。


炎真と篁が薄暗い猫道を通ってようやく外へでると、濃い緑の匂いがした。都会とは違う、冷たく清涼な夜の空気が顔を打つ。

「ここがその村か」

立ち上がって周りを見回す。明かりひとつないが、満天の星があたりの形をうっすらと見せてくれる。

「どうなん？　確かにここやろ」

ゆずが後ろから顔を出す。

「なんだ、おまえついてきたのか？　危ねえぞ」

「ゆずがおらんと帰れんよ、いいん？」

「ここは危険なんですよ、ゆずくん。よかったら猫の姿に戻ってください。それなら僕が抱いていきますから」

篁に言われてゆずはちょっと考えるように首を傾げた。

「ゆずはだっこは嫌いなんよ。必要があったら上らせてもらうわ」

「わかりました。それでは僕のそばから離れないでくださいね」

ゆずは篁の足の周りをちょろちょろと歩いた。

「あんたはいい人間やね。あっちの兄ちゃんとは違うわ」

歩き出している炎真を見ながら言う。

「あの兄ちゃん、ちょっと怖いわ」

「大丈夫ですよ。見た目も言動も乱暴だけど、根はいい人です」

篁が言うと炎真が振り向いた。

「聞こえてるぞ、なにが乱暴だ。それに見た目はおまえが用意したんだからな」

「すみません」

篁が苦笑して追いかける。足下でじゃりが細かな音を立てた。

「この村、真っ暗やね」

ゆずは黒々とした影になっている建物や桑畑を見ながら言った。

「そうです。五〇年ほど前に村から人が出て行って廃村になったんです」

「ふうん。でも人は……おるみたいやね」

ゆずの言葉に炎真が振り向く。

「わかるのか？」

「うん、でも隠れてるのね。匂いだけ」

「エンマさま。猫は犬ほどじゃありませんが、それでも人間の数倍は鼻がききます！」

篁が叫び、ゆずの前にしゃがむとその両肩をつかんだ。

「ゆずくん、子供を捜して。奏太くんという七歳の男の子だ」

「う、うん」

ゆずは篁の勢いにちょっと怯えながらうなずいた。

「待ってね、匂いをたどるならこっちの方が……」

言いながらくるりとでんぐりがえると、灰色の猫の姿になる。夜の中ではその姿はおぼろげになり、目だけが緑色に光って見えた。

猫の姿のゆずは顔をあげ、銀色の髭をぴくぴくと震わせた。

「こっちや」

たたっと四つ足で走る。篁がそのあとを追った。炎真も走ろうとしたが、尻ポケットのスマホの着信音に止められる。取り出して画面を見ると樹理子からだった。

「俺だ」

スマホを耳に当てると樹理子の甲高い声が響いた。

『大央さん？　吉永です。す、すごいことがわかりました！』

樹理子は興奮して、声を震わせた。

『その村から出ていって消息のわかっている人が何人かいたんです。当時子供だった人が多かったんですが、中に奥さんだった人もいて、あ、旦那さんは死んでるんですけど』

「時間がない、要点を言え」

『あ、はい。その人にインタビューしてたんです、そしたらその村では昔から災害や飢饉《ききん》のたびに人身御供《ひとみごくう》を出していたそうなんです』

「人身御供？　生け贄《にえ》か」

『はい、時代劇によくありますよね。でもその村、ずっとそれやってて、戦後も続いていて。そのためによその村の人を寄せつけなかったようです』

樹理子は、はっはと荒い呼吸を吐いた。

『あのとき、公民館にいた人たちは、次の生け贄を選ぶ相談のために集まっていたんです！』

遠くの方で猫の鳴き声と篁の悲鳴が聞こえた。

四

炎真が駆けつけたとき、篁の下半身は真っ白になっていた。つま先から白い芋虫にたかられている。虫は篁の腰をすぎ、胸に迫ろうとしていた。

篁は両手でゆずを持ち上げている。ゆずは全身の毛を逆立て激しく鳴いていた。ときおり飛び上がってくる虫を爪で撃退している。

「篁！　猫を投げろ！」

炎真が叫ぶと篁は背を大きくのけぞらせ、全力でゆずを投げた。ゆずは炎真の胸の中にぶつかってくる。

「怪我はないな？」

炎真は猫の小さな灰色の頭をざっとなでた。ゆずはぶるぶるとからだを震わせる。

「それに登ってろ。桑じゃないから蚕はとりつかない」

炎真はゆずをそばにあった電柱に放った。ゆずは木の電杆の肌に爪を立て、すごい勢いでてっぺんまで登る。

「篁！」

炎真は篁に駆け寄ると、そのからだに張り付いている芋虫を――蚕の群れを手で払い落とそうとした。

通常、蚕は腹脚の力が弱いのですぐに落ちるはずだった。だが、この蚕はその口で篁の服にかみつき、容易に払いのけられない。同時に吐糸口から糸を吐き出し始めた。糸は白い煙のように篁や炎真に絡みついてゆく。

虫の群れは桑の木から水のように溢れ出てきた。篁のからだを払っている炎真にも虫がたかる。

「エ、エンマさま！」

「篁！　地獄の門を開け！」

「ええっ!?」

「早くしろ！」

炎真の怒鳴り声に篁は空に手を伸ばした。

「ひ、開きました――」

「来い！　金剛嘴鳥《こんごうしちょう》！」

炎真が叫ぶと暗い穴から翼を持つものたちが強いはばたきの音とともにやってきた。鷲《わし》ほどの大きさで、鋭い爪と輝くくちばしを持つ、地獄の鳥たちだ。

「ケエエエエエェッ！」

廃村に鳥たちの金属的な声が響く。鳥たちはすぐに炎真と篁に群がった。その爪で、くちばしで、虫をすくいとり、つきさし、飲み込んでゆく。爪で握りつぶし、裂いて、引きちぎった。

虫たちは二人のからだから転げ落ちてゆくと、地面の上をすばやく移動した。桑の木から溢れ出ている大軍と合流する。見る間に虫は集まり、巨大な姿に膨れ上がった。

「エ、エンマさま、あ、あれ、あれ！」

篁は巨大な蟲《むし》を指さした。蟲は頭をもたげ、三対の胸脚をせわしく動かす。巨体が炎真に向かって倒れかかってきた。

「おっと」

ゴオッと音をたてる白いからだを炎真は避けた。倒れた衝撃に地面が揺れる。蟲は巨体に似合わず素早い動きで正面を向いた。金剛嘴鳥たちは巨大な蟲に襲い掛かるが、その体から細かな虫を摑み取るだけだ。

巨大蟲はいったん頭部をのけぞらせると、前のめりになって吐糸口から大量の糸を吐き出した。

「エンマさま、糸が……っ」

たちまち真っ白な繭状態にされて篁が地面に倒れる。

「ふん」

炎真は唇を横に引いて不敵な笑みを作った。

「でかくなればいいってもんじゃねえよ」

吐き出される糸の攻撃を避け、炎真が蟲に向かって走った。鳥たちが周囲を守るように取り囲む。何羽か、糸に当たって地面に縫い留められてしまった。

「でかけりゃあたりが楽になるってもんだ！」

炎真が飛び上がる。その足の下に地獄鳥たちが背中を入れるように飛んでくる。それを足場にしてさらに高く飛び上がり、炎真は巨大な蟲の頭上まで飛んだ。

「火吹《ひすい》鳥！」

炎真が呼ぶと、全身が燃え上がる炎に包まれた鳥が火の粉を振りまきながら一直線に飛んできた。鳥が炎の爪で肩に止まる。同時に、炎真の全身が燃え上がった。

「終《しま》いだ」

ささやくように言って、炎真は握りしめた炎の拳を巨大な蟲の脳天に叩きこんだ。

ぱあんと大きな破裂音が響き、蟲の頭部が破壊される。炎がまっすぐ蟲の内側に降りてゆき、内部から燃え上がった。

「――」

蟲は、身をよじって音のない悲鳴をあげた。からだのあちこちから炎が噴き出す。

火から逃れて地面に落ちた蟲は、鳥たちのくちばしや爪の餌食となった。

炎真は地面に着地すると同時に、転げ回って全身の火を消し止めた。

「エンマさま、ご無事で」

ようやく糸から脱出した篁が駆け寄る。炎真は頭から焦げた髪を払った。

「無茶をなさる」

「一発でしとめたかったからな」

着ていたカットソーを叩くとほとんど炭になって剝がれ落ちた。

「閻婆鳥《えんばちょう》を喚《よ》べばそれこそ一発で……」

「あんなでかぶつ喚んだらこのあたりの地形が変わってしまうだろうが」

「蟲は——」

地面にいた虫はほとんど食べられていた。残っているものも仰向けになり、死んでいるようだ。蚕は三七度以上の熱には耐えられない。

「さて」

炎真は両手をぶらぶらと振りながら、公民館の跡地を見回した。

「蟲はいなくなったぜ。おまえたちも隠れてないで出てこい」

炎真の呼びかけに応えるかのように、荒れた地面の上にひとつ、またひとつと薄い影が現れた。

それらは手足をもち、服を着た、人のようだった。ほとんどが年輩の男性で、その顔には怯えと不安の表情しかなかった。

「公民館にいた——人たちですね」

「そうだ。土砂崩れに巻き込まれ、村の男のほとんどが死んだと言っていた」

炎真は突っ立っている影のような男たちの間を歩き回った。

「だいたいのことは理解できている。おまえたちはずいぶん長い間、村のために生け贄《にえ》を捧《ささ》げてきたんだろう」

——仕方がなかった……。

影の男の声が頭の中に響く。

——この村は土がだめで農作物が育たなかった。桑の木しか生えないんだ。だから蚕を育てていた。

「そして日照りや蚕の病の時は生け贄を出したんだな」

——うまくいっていたんだ。ずっとうまくいっていた……くわこさまが守ってくださってたんだ。

「くわこ……」

篁が呟く。

「奏太くんが言ってました。おじいさんがくわこくわこと言うって」

「くわこは確か……蚕の昔の呼び名の一種だ」

炎真が答える。

――あのときも、生け贄の子供が逃げなければ……。

「子供が逃げたのか」

――若い夫婦だった。くわこさまを信じず、子供を逃がしたんだ。わしらは公民館に集まって次の生け贄を決めなければならなかった。子供さえ戻ればうまくいく……子供をわしらの神に、くわこさまに捧げれば……。

「神じゃない」

炎真はきっぱりと言った。

「おまえたちの、あれは神じゃない、おまえたちが作り出した化け物だ。長い年月をかけておまえたちの悔恨や恐怖や諦めが形となった。生み出されたあれは生き続けるために生け贄を欲したんだ」

「奏太くんを生け贄にしようと……？」

篁が身震いした。

「村が滅んでから誰も立ち入らなかった。そこへ流行りに乗ってテレビ局がやってきた。スタッフの中に子持ちは吉永樹理子ただ一人。化け物は狂喜したろうな、それでこいつらを使ったんだ」

「蟲がさらったんじゃないんですか？」

「所詮は蟲だ。母親を騙《だま》すような真似はできねえよ。あれは村人の霊を使って知恵と力を借りた。おまえたちは蟲を神として村のために使ってたつもりだろうが、逆だ。おまえたちは生きているときも死んだあとも、あれにいいように使われていたんだ」

一人、二人と男たちは疲れたように膝をつく。すすり泣いているものもいた。

──わしらはどうすればいいんだ。見てくれ、わしらのからだにはくわこさまの糸が絡みついている。ここからどこへもいけんのだ。

確かに男たちの足には、腰には、胸には……白い糸が絡みつき、地面に縫い留められている。男たちは苦し気に身をよじった。

「そんなものはおまえたちの思い込みだ。いつまで蟲に使われているつもりだ」

炎真は男のからだを叩いた。ばらばらと糸がほどけ、地面に落ちる。

「おまえたちは自由だ。もう村のことを考えなくてもいい。子供を生け贄にしなくていい。誰も殺さなくていい」

炎真がからだに触れると糸は落ち、そして男の姿も消えてゆく。

「おまえたちの供養は残った村人がやってくれた。心おきなく彼岸へ逝くといい──」

消えてゆく男たちはみなどこかほっとしたような、安堵《あんど》したような表情をしていた。

現れたときの怯えた、途方に暮れた様子は消えている。蟲や村から解放され、自由になったのだ。

やがて最後の一人が消えたときには、夜が明けていた。空の暗さは薄くなり、山際が白く光り、長い影が炎真と篁の足から伸びている。

「にゃあん」

電柱からゆずが降りてきていた。炎真の焼け焦げたデニムを前脚でつつく。

「ああ、無事だったか」

ゆずは炎真を無遠慮にじろじろ見上げると、二本の尾を振って、たたっと駆け出した。途中まで行ってこちらを振り向く。朝日を受けて目が細くなっていた。

「篁」

炎真は篁に軽く顎を動かした。篁はすぐにゆずの後を追った。

「やれやれ」

炎真はどかりと地面に腰を下ろす。

「糖分が足りねえぞ」

ゆずが向かった先は動画の中にもあったかやぶき屋根の大きな古家だった。重たげな引き戸が半分開き、覗いた廊下は砂だらけだ。その中に身軀に飛び込んでゆく。砂の上に小さな梅の花の形がついた。

あとを追った篁は、廊下の突き当たりの部屋で、仰向けに寝かされている子供を見つけた。薄い布が一枚からだに掛けられている。老人の霊たちがかわいそうに思って掛けてくれたのか。

「奏太くん」

抱き起こすと奏太はすうすうと穏やかな寝息をたてていた。

「よかった……無事で」

起こすよりはこのまま寝かせておいて、自宅へ連れ帰ったほうがいい、と篁は考えた。

自宅の布団で目覚めれば、怖い夢だったと思うだろう。そしてそのまま忘れてくれればいい。

「さあ、帰ろう。おかあさんが待っているよ……」

篁は奏太を抱き上げた。足下でゆずが嬉しそうに「にゃあ」と鳴いた。

終

「こんばんはー」

夜間保育園シンジュク・キッズに吉永樹理子が奏太をつれてやってきた。一八時、一般的には家族団らんの時刻だ。

「また今夜からお世話になります。一〇時くらいには迎えに来たいです」

「はいはい、大丈夫ですよ」

園長は奏太くんの手を握って上下に振った。

「奏太くん、またこれからもよろしくね」

「うん！」

奏太は笑顔で答えると部屋の中を覗いた。小さな子供たちが「そーただ！」「そーたにーちゃん！」「いっしょにあそぼう」と駆け寄ってくる。

子供たちにまとわりつかれて奏太は嬉しそうだった。

「こんばんは、吉永さん」

篁が乳児を抱いて出てくると、樹理子は深々と頭をさげた。

「小野さん、このたびはご迷惑をかけてしまって」

「いいんですよ。それよりあの村の番組はどうなりました？」

「はい、あの村のコーナーは没にしました。映像データが破損したことにして」

樹理子は肩から下げたショルダーバッグの持ち手《ハンドル》を両手で摑んで言った。

「大丈夫なんですか？」

「予備にほかの村を撮っておいたのでなんとか。というか、こういう企画自体よくありませんよね」

篁に顔を近づけて声を潜める。

「まあどこの村だとしても、興味本位で取り上げられるのは自宅に土足ではいられるように感じるかもしれませんね」

「そうですね……マスコミはそういうところありますね」

樹理子はどこか痛むような顔をして答える。

「とはいえ、隠している押し入れを覗き込みたいという一般大衆の心境も理解できますし」

篁は微笑んだ。

「人はいろいろと矛盾する生き物ですから」

「……私はマスコミの人間としてこの先いろんなものにどう向き合っていったらいいんでしょう」

樹理子は篁から目をそらして呟いた。

「簡単ですよ」

それに答えた篁に、樹理子は「え？」と驚く顔をする。

「吉永さんにとって大事なものを忘れない。それだけでいいんですよ」

そう言って篁は部屋の中を振り向いた。樹理子もその視線を追う。

部屋の真ん中で奏太が小さな子供たちに折り紙を折ってやっている。子供たちの歓声が奏太を取り囲んでいた。

「ね？」

篁の言葉に樹理子は何度もうなずいた。


「炎真さん、今回は大活躍だったそうじゃないですか」

地蔵が四角いケーキの箱をさげて七〇四号室のドアを開けて入ってきた。

「まあな、かなりの大物だったからな」

ソファに横になっていた炎真はからだを起こした。その伸ばされた手のひらに、箱を置こうとして地蔵は再びそれを持ち上げた。

「今回の活躍にこのケーキは小さすぎるかもしれませんねえ」

「ルタオのチーズケーキだろ、小さくてもいいんだよ！」

目ざとくブランド名を読み取った炎真が叫ぶ。

「いえいえ、やはりちょっと待っていただければプールのようなプリンをご用意しますよ」

「プリンならプッチンプリンが最強だ！」

地蔵は笑ってケーキの箱をテーブルの上に置いた。狙いすましたかのようにインタホンが鳴る。

「おや、どなたでしょう」

「出なくていい。だいたい予想がつく」

しかし地蔵はドアを開けてしまった。顔を出したのは雲外堂骨董店の胡洞、そして猫の姿のゆずだ。

「あらぁ、地蔵さん、いらしてたの？」

胡洞は浴衣のたもとで口元を隠して声を上げた。

「はい、胡洞さんにも今回はご面倒かけましたね」

「アタシはなぁんにも。実際働いたのはこのゆずちゃんよぅ」

胡洞は足下の赤いベストを着た長毛猫を抱き上げた。ゆずはいやがって身をよじったが、地蔵が人差し指を猫の鼻先にもってゆくと動きを止めた。すんすんと匂いを嗅ぎ、頰を押しつける。

「猫又さんですか、はじめまして。今回はどうもありがとうございます」

ゆずは胡洞の手から床に飛び降りると、ソファに座っている炎真のもとに走った。ひょいと炎真の膝の上に乗る。

「おい――」

炎真は怒った顔を作ったが猫は平気で足をあげ、自分の腹をなめた。出会ったときには怖がっていたようだったが、今はむしろ懐いている。

「猫はチーズ大丈夫でしたかね」

「猫又ですからなんでも食べるでしょうよぅ」

地蔵が箱を開け、人数を数える。胡洞は勝手知ったるなんとやらでチェストからお茶の道具を取り出した。

再びインタホンが鳴る。

「出るな、地蔵、取り分が減る！」

「地獄の王がけちくさいことおっしゃいますな」

炎真が止めるが地蔵は涼しい顔でドアを開けた。外にいたのは隣室のスピカだ。

「こんにち……きゃーかわいい！　猫がいるう！」

スピカは猫を見た途端、猛然と部屋に飛び込んできた。ソファに突進してくる姿に、ゆずが驚いて炎真の背に隠れる。

「いてえ！　爪たてるな、ねこ！」

「かわいーかわいー！　だっこさせてえ！」

「ニャーッ！　シャーッ！」

ソファで大騒ぎをしている三人を後目《しりめ》に地蔵はケーキを六等分する。

「篁さんの分もとっておきませんとねえ」

「篁の分はいらねー！　っていうか、それは全部俺のだろう！」

「そんな情けないことを言っていると、蜘蛛《くも》の糸は下りてきませんよ？」

地蔵がにっこりする。

「糸なんかいるか！　必要なら俺がロープをかけてひきずり下ろしてやる！」

七階の部屋から大声と黄色い灯が漏れる。生ぬるい空気に包まれた夜の新宿の上を光は優しく照らしていた。

本書のプロフィール

本書は書き下ろしです。

小学館文庫

えんま様《さま》のもっと！忙《いそが》しい49日間《にちかん》

新宿《しんじゅく》中央《ちゅうおう》公園《こうえん》の幽霊《ゆうれい》

著者　霜月《しもつき》りつ

二〇二〇年十一月十一日　初版第一刷発行

発行人　飯田昌宏
発行所　株式会社 小学館
〒一〇一-八〇〇一
東京都千代田区一ツ橋二-三-一
電話　編集〇三-三二三〇-五六一六
　　　販売〇三-五二八一-三五五五
印刷所――図書印刷株式会社

この文庫の詳しい内容はインターネットで24時間ご覧になれます。
小学館公式ホームページ　http://www.shogakukan.co.jp

ISBN978-4-09-406846-7